平路台灣三部曲・二

婆娑之島

Ilha Formosa

平路 著

各界讚譽（依姓氏筆畫排列）

平路的《婆娑之島》是台灣四百年的祕史；兩條軸線，兩個世紀，兩個異國男人，鋪疊台灣三、四百年，被箝制的命運；婆娑之島陷在殖民與後殖民的夾縫。在荷蘭，在美國，台灣祕史一頁頁開展。

——方梓　作家

帶引讀者在不同時空裡遊走，尋索被忽視的細節，平路為台灣的歷史小說別開蹊徑。

——宇文正　作家、《聯合副刊》主任

牽引島嶼命運的二重奏，在三百多年時空中迴盪。兩個白種男人的「叛國」故事，述說著本書作者對於台灣的摯愛。

——何榮幸　《報導者》創辦人兼執行長

讓我們以薛西弗斯的心情閱讀這冊命運之書吧。然後我們同時會想像，會等待，等待小說家平路的行動，為我們書寫一段最終的文本，在那裡，羅洛萊變成賽蓮，而福爾摩沙終於現身。

——吳叡人　中研院台史所副研究員

平路善於從台灣的特殊歷史孕育小說，在交錯的時空描繪婆娑之島的身世。問題意識與人間像的光影既觀照了現實也印拓了想像，冤錯和甜美互相編織。

——李敏勇　詩人

平路總在古今對照與虛實相映中，彰顯生命的存在價值。

——李瑞騰　中央大學人文藝術中心主任

不管就文學成就或歷史角度來看，平路的這本小說都處理得十分出色。

——李歐梵　香港中文大學榮退講座教授

遼闊深遠也細膩動人。

——阮慶岳　小說家

聽呢，在愛和焦慮中，平路為我們唱一首美麗的哀歌。娜娜的祖靈，不，我們島嶼的祖靈，聽了是會哭泣的。為了不讓祖靈哭泣，我們必須發願：不在夾縫中再度貽誤福爾摩沙。

——周婉窈　台灣大學歷史系教授

台灣被殖民的歷史，還有複雜的現況，應是小說家寫作的好素材；可惜以此為素材的小說，不多。平路是極少數者之一。

以獨特的敏銳觀察力，一貫的娓娓道來的口吻，藉兩位主角的遭遇訴說台灣。平穩的筆調之下，感受到低音主調的強烈震盪。享受閱讀的樂趣之餘，有讓人反省、沉思之處。

——林水福　作家、翻譯家

這是一本歷史政治小說，然而平路是以書寫人性、愛情、欲望，細膩鋪陳交織出台灣的過去與現代。而讀來時而低吟再三！時而感嘆不已！

——林正盛　導演

期待哪位導演能將這本書拍成電影……

——邱一新　旅行作家

《婆娑之島》擺脫海峽雙邊的視野，從亞洲地緣的政經戰略位置思索帝國眼中的台灣。

——范銘如　政治大學台灣文學研究所特聘教授

眼淚不是壞事，也非懦弱。在資訊暴衝、國族記憶失焦的年代，有時候讓淚水來洗滌眼翳，心神反而可在風塵裡轉為澄明，然後從歷史監獄中得到真正的釋放。

——翁佳音　中研院台史所兼任研究員

平路再度發揮精湛的捕「諜」功力，穿梭東方與西方，歷史與此刻，成功交織出懸疑神祕的氛圍，而若有似無的禁忌情欲浮於紙間，更令人一讀便不忍放手。

——郝譽翔　台北教育大學語創系教授

作者以台灣荷蘭殖民時期與七〇年代中美斷交前後的時空背景，勾勒兩條不同的敘事線，像是自歷史借來的左右腳，走過同一座島嶼上曾經重疊的時光。但《婆娑之島》呈現的不是歷史裡的福爾摩沙，也不是世紀末的台灣，而是此時此刻依舊持續著的問題。這樣一部島嶼處境認同的小說，現在讀來，竟會生出悲哀的臆測：還有機會嗎，再次遇上想像境外的那位水手，並發現真正的美麗之島？

——高翊峰　小說家

小說家平路是歷史的魔法師，她一而再、再而三地把讀者帶到偉大歷史的隔壁，讓我們瞧見那個既不存在，卻又確實存在的歷史。

——許榮哲　華語首席故事教練

難得一見的政治歷史愛情小說，教科書中消失的，新聞事件中被掩蓋的，都重新以人性的角度詮釋；輪迴上演的權力、欲望、認同夾縫中，道不盡的是平路筆下特有的、屬於知識分子的感傷與憂慮……

——郭強生　作家

十七世紀的福爾摩沙，多麼奇妙的一次邂逅！今天的婆娑之島，再一次令人贊嘆的平路！

——陳玉慧　作家

以愛情表現政治，以政治隱喻愛情，詭譎誘惑的激流中有精細的天光水紋！平路的文學世界如此特異迷人。

——陳義芝　詩人

平路這本小說，橫跨古今台外，是讓台灣史連結世界史的絕佳作品！

——陳耀昌　作家、醫師

評論小說家好壞，「視野」從來是重要條件之一。從〈玉米田之死〉到〈百齡箋〉；從孫中山到鄧麗君，平路已然用她的筆證明：當代華文小說家，論視野恢弘、論敘事技巧，她，名列前茅！

——傅月庵　資深編輯人、作家

以複沓式的迴環反覆筆法，悠悠敘寫歷經三百年卻永遠被貽誤、虧待的福爾摩沙。在暮光微微、河水湯湯中，史實與真實巧妙映照，虛構與真實時尚混搭。平路以一貫的窺奇解謎手法，雙線合擊，帶領讀者一路尋幽探奇，看似描摹個人情感，實則棉裡藏針，痛陳家國委屈。婉約與壯闊的奇異綰合，堪稱曲盡幽深。

——廖玉蕙　作家

這是近年來最令我感動的一部小說，作者透過歷史之筆，再三地提醒著世人：如果「叛國」真的可以成為一項「罪名」，那麼該由哪個時代的歷史，來定義什麼是「國」呢？

——劉還月　民俗作家

夾縫裡的台灣，需要更多的觀點理解，更多的細節解讀。平路便在台灣的夾縫裡，不斷找到新的觀點與細節，啟發了我們更豐富的台灣想像。

——鴻鴻　詩人

別用美國男人的心態來愛我，要知道美國正在衰敗中。而我的美麗豐饒還活在荷蘭情人的記憶裡。殖民的愛情終將過去，而戀人們離去後，會更想念我、更愛我。我不僅是娜娜、羅洛萊，我是永遠的福爾摩沙。

平路這次勾勒出最糾纏、細膩、懸疑的政治愛情之作。

——顏艾琳　詩人

專家學者共同推薦（依姓氏筆畫排序）

小野（作家）
巴代（卑南族小說家）
方梓（作家）
王美琇（《自由時報》前專欄作家）
王浩威（作家、榮格分析師、精神科醫師）
王聰威（小說家）
伊格言（小說家、詩人）
向陽（詩人）
宇文正（作家、《聯合副刊》主任）
朱和之（作家）
朱宥勳（作家）
朱嘉漢（作家）
江寶釵（中正大學台灣文學與創意應用研究所教授）
何榮幸（《報導者》創辦人兼執行長）
吳介民（中研院社會所研究員）
吳密察（台灣史學者）
吳鈞堯（作家）
吳叡人（中研院台史所副研究員）
李志德（資深媒體人）
李拓梓（國藝會副執行長）
李金蓮（文字工作者）
李敏勇（詩人）

李瑞騰（中央大學人文藝術中心主任）
李歐梵（香港中文大學榮退講座教授）
李靜宜（東美文化總編輯）
阮慶岳（小說家）
周婉窈（台灣大學歷史系教授）
林水福（翻譯家、作家）
林正盛（導演）
林載爵（聯經出版發行人）
邱一新（旅行作家）
邱坤良（作家、戲劇史學者）
邱祖胤（作家）
邱貴芬（中興大學台灣文學與跨國文化研究所講座教授）
封德屏（《文訊》社長暨總編輯）
施如芳（劇場編劇）
胡慧玲（作家）

范銘如（政治大學台灣文學研究所特聘教授）
凌性傑（作家）
奚淞（作家、畫家）
孫梓評（作家）
翁佳音（中研院台史所兼任研究員）
袁瓊瓊（作家）
郝譽翔（台北教育大學語創系教授）
馬世芳（廣播人、作家）
馬家輝（香港作家）
高翊峰（小說家）
張茂桂（社會學者）
梅家玲（台灣大學中國文學系教授）
莊豐嘉（前華視總經理）
郭強生（作家）
許榮哲（華語首席故事教練）

陳玉慧（作家）
陳芝宇（聯經出版總經理）
陳栢青（作家）
陳國偉（中興大學台灣文學與跨國文化研究所副教授）
陳義芝（詩人）
陳儀深（國史館館長）
陳蕙慧（資深出版人）
陳耀昌（作家、醫師）
傅月庵（資深編輯人、作家）
彭仁郁（中研院民族所副研究員、前促轉會委員）
須文蔚（台灣師範大學文學院院長）
黃美娥（台灣大學台灣文學研究所教授）
黃榮村（考試院院長、台灣大學名譽教授）
楊力州（金馬導演）
楊佳嫻（學者、作家）
詹宏志（作家）
詹偉雄（文化評論人）
廖玉蕙（作家）
廖志峰（允晨文化發行人）
廖咸浩（台灣大學人文社會高等研究院院長）
劉還月（民俗作家）
鄭麗君（青平台基金會董事長）
盧建彰（詩人導演）
謝志偉（台灣駐德國特任大使）
鍾文音（作家）
鴻鴻（詩人）
瞿欣怡（作家）
藍士博（二二八事件紀念基金會執行長）
顏艾琳（詩人）
羅文嘉（水牛書店暨水牛出版社社長）

目次

推薦文

總導讀

東方未晞，雞鳴不已——論「平路台灣三部曲」

范銘如　政治大學台灣文學研究所特聘教授

《東方之東》（二〇一一年）和《婆娑之島》（二〇一二年）以迅雷之勢連續出擊之後，平路就已經擺好挑戰台灣三部曲的態勢。儘管消息甚囂塵上，這期間，她倒是先出版了社會寫實性質的長篇小說《黑水》、兩本散文集《袒露的心》和《間隙》，還抽空再版了短篇小說集《蒙妮卡日記》。十年過去了。就在大多數人淡忘曾聽過這個傳言的時候，平路亮出了壓箱寶，一舉將傳聞晉為史詩。《夢魂之地》（二〇二四年）完滿了台灣三部曲的最後一張拼圖，更是平路創作生涯中的巔峰之作，濃縮並超越作家此前傾注的關懷以及創作技藝。平路的豐厚著作早為她博得桂冠加冕，三部曲的問世再為她的王冠鑲綴上珠寶，《夢魂之地》則是其間最璀璨奪目的鑽石。

鏡映與疊覆：雙軸、雙軌之時空

三部曲的結構，通常會採用歷時性的發展，由古至今，有的作家寫家族的幾代發展，如鍾肇政；有的作家則讓每一本故事的人物和地域各自獨立不相干，如施叔青。平路的三部曲偏向後者，唯其不依時代先後鋪排。每本小說的主要時間軸都是現代的，只不過作家總能從現在進行式的某些議題中追溯到歷史上驚人的相似，雙螺旋的時間線在對比、對話與對抗的織替中，纏繞又神奇地梳理著錯綜糾雜的縛結。《東方之東》、《婆娑之島》和《夢魂之地》可以稱其三部曲，視之為平路的台灣系列小說或許更讓讀者沒有壓力，個別的主題和故事，任隨喜好從哪一本讀起皆無妨。

這三本小說的最大共通性自是審議台灣歷史和政治。平路對此題材的書寫可算是老資格了。初試啼聲的時期，她擅長以多變實驗性的形式挑戰宏大敘事和社會議題的名聲更甚於女性書寫，中後期即使偏向個人化題材也或多或少會探觸時代性的問題。此番捲土重來，如何跟她早期經典，以及其他作家的台灣三部曲，有所區隔？我認為，是側重台灣與他者的關係性，並且以今昔作為鏡像映照。如此，在空間性的雙軸上，疊覆時間性的雙軌，以台灣為核心拉開地理的幅員和歷史的縱深。《東方之東》談論的是世紀之交的兩岸關係，對照的是明清拉鋸；《婆娑之島》回望大航海時代台灣的經濟戰略情勢，呼應冷戰前後美中台的地緣政治變動；《夢魂之地》聚焦當代台灣如何評斷二十世紀下半葉的歷史，下個世代如何從與上個世代的齟齬和傷害中成長？轉型後號稱亞洲民主楷模的台灣，如何看待始終縈迴不去的戒嚴遺緒？

歷史記憶與思索：從此地彼岸到世代關係

就短期的時間來看，台灣的對外處境變化迅速，隔個十年出頭，重溫《東方之東》與《婆娑之島》，不得不驚嘆歷史已經又快轉了好幾章節。這兩本出版於民國百年左右的小說，約莫處於兩岸來往蜜裡調油、台美關係相敬如賓的背景。《東方之東》裡的台胞抱著各式各樣的懷想和目的絡繹前往中國投資、就業、居住或旅遊。殊異文化和政經環境成長的雙方，交往交談中在彼此身上投射自己的想像和匱缺。男主角為了彼岸花私奔匿跡，英雄救美的底牌下是自我救贖；女主角惋惜對岸早夭的民主，然而落魄投奔的中國男性嚮往的究竟是自由的庇護，抑或是耳根軟的女人奉上的軟飯？理想與現實的虛實交鋒，就像小說裡相伴的順治皇帝與鄭芝龍，家常閒話包裹著鬼胎禍心，問答間誰被話術騙了，賠上的不只身家，還有國家。《婆娑之島》擺脫海峽雙邊的視野，從亞洲地緣的政經戰略位置思索帝國眼中的台灣。不管對稱霸大航海航道的荷蘭東印度公司，或者冷戰後「一個中國」座標突然位移的美國，台灣不過是工具性的舢舨。畫舫笙歌停歇，就該拋諸腦後。孤女的願望無異於女妖的歌聲，誘人暈船撞船。和在強權夾縫中擺盪的弱者站同隊，即使位高權重如揆一和美國外交官，前途就像台灣一樣可拋可棄。

因為由動態的關係性來描述國族互動，這兩部小說順理成章借用了兩性關係作為喻比。優點是，藉由綿綿情思連結起分割的時代切片，迴盪起餘韻（恨）裊裊的連續感，另外也能潤澤歷史書寫的枯燥乾澀。缺點是，以兩性交往作為國族隱喻的局限性高，在寫作模式上也屢見不鮮。《夢魂之地》改以世代關係賦比前後年代。不過，好奇台灣三部曲最終章是要處理哪個階段的讀者，開始翻閱《夢魂之地》時，應該會被作家的故弄玄虛搞得滿頭霧水，摸不著歷史在哪裡？哪裡像宏大敘述？恍悟作家想要談論的主題和切入角度時，又會為她比喻的巧思和書寫的野心拍案叫絕和莞爾。誠然，塵煙往事本來就如幽靈般摸不著看不清，真的要還原歷史和人物真相，不如試試招魂、起乩或觀落陰。小說家也幽自己一默，某種程度說，寫作和通靈確有異曲同工之處。

德希達曾經用魂在論（Hauntology）來比喻馬克思主義式微之後，馬克思思想依然陰魂不散在歐洲大陸上飄蕩的現象。時代的浪潮退卻後並不會就此封印在書頁之中，而是如幽魂般神出鬼沒，對現在和未來纏祟不休。對稱呼台灣是鬼島的人而言，供奉的最大神主牌莫過於兩蔣。蔣氏父子的歷史功過，遺產或遺毒，至今對所有台灣人猶是爭論不休的議題，左右台灣未來的走向。解嚴後的我們思索著如何定位戒嚴時期，《夢魂之地》裡的蔣經國也為蔣介石的遺業和彼此關係感到苦惱。現在既是承繼著過去，小說中的男女主角，甚至仙界的哪吒父子和從《東方之東》延續下來的鄭成功父子，無不縈繞糾纏於兩代關係的記憶，最終也必須從傷痕中走出自己的道路。

通靈新敘事：藉民俗信仰巧闢蹊徑

處理歷史題材，尤其是這麼近代和高度爭議的政治人物，已經涉入深水區了，平路竟然取徑於另一個非常棘手的管道——民俗信仰。早年在〈郝大師傳奇〉，平路小試過將政治與宗教連結，嘲諷崇尚怪力亂神的政商名流文化，口舌間擘畫的蜃樓幻景。較之前作只在現象層的輕描淡寫，新作《夢魂之地》大篇幅描述台灣種種上承神鬼諭旨、下保氣血通暢的習俗術式，大自宮廟法會、占卜命盤、消災解厄的儀式門道，小至陰陽調和、鬆筋活骨的療法手路。為了讓宗教和政治的連動具有合理性，男女主角這兩個具有靈通體質的人在身分的安排上頗具巧思。男主角代表的是一般跟隨國民黨播遷的外省家庭，主要敘述者女主角的家庭則是在蔣經國指揮部署下一九五五年才遷台的大陳島移民——與太子爺有特殊因緣而對蔣氏父子更具向心力。雖然是層峰和基層的兩種身分，命運共同體的相近頻率使得她偶爾能夠共情小蔣的心聲處境，不分高下地回顧廣泛的外省族群的生活刻痕。

或許擔心讀者畫錯重點，小說的破題開宗明義點出：「是創傷，不是神力。」

小說裡的大家長們，家和國的，都是動盪時代下跟家族家鄉分離、被迫在粗糲的生存環境中快速轉大人的男性。壓抑的痛苦和憤怒，使得他們不能善待自己，轉而濫用父權苛刻身邊的人。男女主角都在家暴中長大，女性的身分更使得女主角失怙後必然地遭遇性騷與性侵，殘破怨懟的家庭經驗也妨礙成年後發展親密人際關係的意願。即使貴為太子的小蔣，在嚴苛寡情的父親和虎視眈眈的繼母的監控中，又曾嚐過多少家庭溫暖？慘痛又扭曲的生活經歷，如何期待在經年鬥爭的猜疑忍抑中奪權的人，懂得溫柔對待他人？連結宗教的形上層次俯視蒼生，多少能增添些許哀矜的情懷來理解暴戾傷害的源頭。

理解不等於合理化。平路應該是台灣作家中寫過最多歷史名人的。她寫名人，向來不著重於月旦人物，而是自紛亂駁雜的時空情境裡抽絲剝繭出人心人性。此番搬出政治強人，既非擦脂抹粉抑非塗鴉潑漆，反倒意圖從激盪於神格化與妖魔化的兩極臧否中逼近人格化的面目。或許是這樣的考慮，小說讓女主角通靈的是老年時期的小蔣。垂暮的領袖腦海中追憶的不是什麼豐功偉業，而是大大小小的國政挫敗、錯誤與悔恨。他念茲在茲的有三個時間點，第一個是大陳島撤退，形同宣告放棄反攻大陸、固守台灣的起點；第二個是刺蔣案，刺激蔣經國體會到本省人對蔣氏政權的憤恨並感悟到本土化的必要性；第三點則是解嚴前後的波動。這三個歷史節點，標誌著戰後台灣從反共跳板到在水一方的轉變。私生活的記憶裡，多半是他與原生家庭的裂痕，少部分妻小的溫馨，以及奪人所愛的自責。不僅如此，作家有意地透過女主角的當代敘述，以某些饒富意義的地景去補充小蔣敘述線中無法呈現的歷史，例如以淑女墓去突出女性勞工在所謂十大建設中被隱沒的貢獻，以中華新村和理教公所去拆解老蔣的天命神話，並且以「蔣公感恩堂」裡蔣公讓位於觀音的難堪遷居折射蔣氏威權的沒落。

以民間的通靈文化去臆想歷史，最令人驚豔的效果，是創造出一種新形式的敘事技術。以往，平路慣常採用後現代的拼貼互文，混雜多種官方或民間檔案、公私紀錄、跨類型的文本、影音、傳說或耳語等，營造出複數且矛盾的角色和事件層向，重構真相的同時內嵌不可呈現的懷疑論。然而大量體裁歧異的典籍章句引述，斧鑿痕跡明顯，掉書袋的沉滯感磨損了作家新穎的取材或視角，隨著前衛技巧的普及，讀者感受上的不耐煩愈甚。這次透過無法以理性解釋的神力操作，反而不受限於確切來源的索引和敘述觀點轉換的合理性。小說家可以用第一人稱、第三人稱甚至全知觀點任意環繞著小蔣，還能凌空接收到（許多）身分不明的評論旁白；憑藉來無影去無蹤的所謂「靈通」，遨遊於各種文本和說詞，以閃回、嵌入或倒敘的方式擷取隻字片語或心聲，靈活出入多重時代場景，精簡有效地擴充實境。能夠將具有本土色彩的靈異文化轉化成訴說台灣歷史的敘述技術，不但獨具意義，也可說是平路畢生苦心孤詣鍛鑄出的台灣奇蹟。

*

隨著《夢魂之地》的付梓，平路不只完成台灣三部曲的書寫大業，連帶地賓果連線起作家自己另一個小說三部曲——《行道天涯》、〈百齡箋〉和《夢魂之地》的蔣氏家族系列（還可再加上以蔣經國和章亞若為藍本的《是誰殺了XXX》劇作）。或許受到小說靈力的測漏影響，我彷彿預見了未來無數關於這兩大系列之間，以及與其他作家三部曲的交互比較研究。充斥著魑魅魍魎和鬼話連篇的島嶼歷史，或許正需要透過小說家和讀者們一次次地耙梳審視，一回又一回對鬼影幢幢的過往召喚、超度與除魅，終能如《夢魂之地》的寓言，迎向靈光消失的年代。

婆娑之島

為什麼，這個島嶼總是陷入夾縫？

第一章　序曲

1

最後這些年在阿姆斯特丹度過，寒溼的夜，揆一在夢中醒轉。塵世拋在後面，熱蘭遮城堡裡的一切如在眼前。那一夜他披衣起身，燭台下，他極盡謙卑地寫道：「您尊貴的閣下或許認為卑職對福爾摩沙事務的報告過於細微，卑職這樣做是為了減少您閱讀的困擾。」閉上眼，他確知自己的生涯裡包藏著教訓，他被欺瞞、被羞辱、被出賣，像一頁經風吹落的歷史，注定了被歲月埋沒。蒙上帝恩典，留給他時間，雖然留給他的時間，只夠他一遍遍在腦袋裡追憶，島上那段讓他心碎的日子。

「您尊貴的閣下，我們曾經錯認為雞籠與淡水是一個地方。依我們的距離算法，在標尺上，兩處其實有六里之遙。到底有多少這一類誤判？繪製的地圖上，有的把台灣畫成一個紡錘；有的沿襲原來的錯誤，福爾摩沙被切分成三個島嶼。您尊貴的閣下，卑職必須說，從開始，僅僅把福爾摩沙看作一個落腳點，用來打開中國貿易的門戶，缺乏的就是長久的治理藍圖。」揆一讓墨水筆停在紙上，地球上只有他，經過這些年還思前想後，在夢裡重回那曾經的應許之地，「對公司而言，福爾摩沙太小，而公司的屬地在海圖上何其浩瀚？除了尼德蘭母土是獨一無二，其他地方，都是可以替換的一隅。

「尊貴的閣下，或者您約略知悉，距今二十年前，那個小島曾經驚動整個歐洲，帶給尼德蘭深重的屈辱，這就是您的大致印象。您不熟悉小島的地理位置，福爾摩沙究竟是什麼樣的地方？島上到底發生了什麼事？」蘸著墨水，他沙沙地寫下：「對公司來說，在意的是即刻有進帳。哪裡可以開拓新的商機？最好有值錢的現貨可以買低賣高，在市場上立即轉手，以最快的速度兌現。」一面寫，揆一記起公司垂詢的函件裡，提到的總是河裡藏的金砂；要不就是對駐外人員辦事能力充滿質疑，譬如追問某一趟航程的船底還有空艙，為什麼不多裝載幾噸鹿皮？事隔多年，對這位年輕的殿下，他必須從頭說起：「比公司的動作早了二、三十年，日本豐臣秀吉已經發出詔諭文件，要求台灣的『高山國王』向日本進貢。當日本積極探測島上的虛實，公司卻好比無瞳之人，在詭譎的夜色裡匍匐摸索。」揆一嘆口氣，鵝毛筆蘸幾滴墨水，他繼續寫道：「我們尼德蘭志在海洋帝國，對世界大勢竟然所知有限。」他想要控訴的是當年在巴達維亞那班評議委員，目光短淺，無心於長久經營。然而，畢竟屬於翻過去的一頁歷史，眼前寫信的對象，在福爾摩沙潰敗的那一年，才是一個十二歲的少年，所以他必須讓自己語出驚人，他正以警語的方式寫下：巴達維亞評議會的貽禍，貽誤了福爾摩沙，更肇致尼德蘭的黃金年代一去不返。

在心裡他一句一嘆，後來，那個段落的結尾寫得字字肺腑：「容卑職坦率進言，我們的好時光飛快消逝，這就是卑職當年一再提出的箴言。正好像西班牙在早一個世紀對待印加，只為了掠奪，以運回的珠寶打造征服世界的船隊，但西班牙帝國而今安在？」

2

那年是二〇〇八。

他抬首望天，藍得很慘澹。這一年春天似乎特別晚到。暖日子若遲遲不來，到四月花季，櫻花花瓣又小又白，華盛頓的春天將注定沒有顏色。

剛才，他在表格上簽下名字，領回一包進來時穿的衣物。穿上外套，他頭也不回地往外走。

一年零一天，對著高牆上的一角天窗，他不知道是怎麼過來的？

一年，加上一天，算是「重罪」判決。法條上所謂「重罪」，刑期必須超過一年。多出一天，「重罪」裡最輕的懲處。這是法外施恩，給有資歷的政府官員一些些禮遇。

那時候判決書下來，四十三頁文件，詳列他的罪名。

判決書上寫著，當事人對某些細節堅不吐實，盤詢過程中，重要的問題都避重就輕。

*

穿上厚外套，監獄門外的冷風依然透骨。

停車位排著幾輛警車，外面不見一個閒人。他今早讀過報紙，《華盛頓郵報》上沒有關於他的消息。

他慶幸人們的記憶很短暫。他被捕時是大新聞，兩年間進出法院，服刑結束時，媒體已經放過了他。

當時，好心的同事替他打氣，跟他說只要挨過這段上法庭的日子，接下去，沒有人會再記起發生過什麼。同事輕鬆地說，take it easy，往好處想，現在的世界飛速運轉，媒體的記性很差。同事拍拍他肩膀笑著說，人們都患了失憶症，模糊聽過你這名字，只知道是外交領域的名人，必然達成過些什麼重要使命，說不定以為這個名字調解過中東的石油紛爭……

宣判那一天，法院石階下站著守候的記者，他成為媒體焦點。從法庭出來，大批記者堵住路，絆住他的還有電視台的攝影機。律師拉著他快走，他匆匆下階梯，差點絆一跤。

一年零一天的刑期，一天一天，數日子過來的。

3

房間的窗戶向西，早晨的光線很暗，窗外的運河有光，載貨的船隻正通過小橋。

這日黎明，揆一躺在床上，旁邊擺著書桌、紅木臉盆架，床有四根角柱，頂上是塵灰的幃幕。牆上掛張手繪的航海地圖。角落的壁鐘，不時滴答一聲。小樓前面對著運河，後面有一方天井。揆一瞇眼睛往天井張望，錯覺中彷彿看到熱帶的果樹，樹上飄過來讓他悵惘的往昔異香。

大清早，揆一躺在床上，聽見後面天井裡僕婦的聲音，倒水、刷洗、撢灰塵、擦銅鍋上的油垢……側身向著天井，聽聲音，他可以分辨出僕婦手裡正在做哪種家務。平躺在枕頭上向遠處望，穿過對著運河的窗戶，看得見教堂尖頂的鐘塔。這些年，阿姆斯特丹的市民習慣聽鐘聲作息。

目光轉回室內，揆一望著臥室裡的樟木箱籠。搬進這小樓的一日，幾個箱籠直接從運河懸吊到樓上。如果他記得沒錯，箱底還有一套適合正式場合的禮服。

揆一的眼光落向茶几上一組杯盤，瓷器上的花紋很細緻。胎身接近透明的茶杯，薄得蛋殼一樣，繪著一艘一艘揚帆的小船。另有兩只白瓷小瓶，瓶肚中間疏淡幾筆，畫筆點的是蘭。回到阿姆斯特丹的這幾年朝夕望著，他漸漸明白了蘭的意思。蘭花孤芳自賞，總是寂寞地對著晨昏。

望著那兩只白瓷小瓶，揆一想著福爾摩沙撤僑那一回，幸虧精明的前妻懂得算計，堅持運走所有瓷器，跨印度洋轉運回來。跟海倫娜離婚後，自己分得的一半，加上早些年儲蓄的孳息，足夠在運河畔買間樓房。海倫娜很有眼光，看準東方瓷器已成為法國皇室的新寵，接下去必然受到歐洲貴族的追捧。這些年，果然在歐洲賣場上價值驚人。揆一為自己留下幾件，擺在花廳的櫃子裡，算是往日生活的一線聯繫。

運河正對一面窗，有時候，揆一睜開枯澀的眼睛，望向運河對面的閣樓。想著閣樓上別人家的動靜，他怔怔地追懷自己所虛度的光陰。離開了幾十年，流放多年才回到這裡，雖然他應該慶幸自己還可以活著歸來。飄洋過海的年輕男子，運氣差的葬身大海，倖存下來的在異地落戶，十個人沒有一個，在暮年回到當年出發的口岸。而矛盾的是，像他這樣的境遇，所害怕的也正是葉落歸根。揆一嘆口氣想著，運河裡流淌的水，彷彿他逝去的年歲，觸目皆是傷心的印記。

揆一離開這城市的時候正值盛年，這些年來，公司的進帳不如往昔，阿姆斯特丹的股市卻逆勢興旺。買賣股票的熟手不出門就有收益，幾番買低賣高，賺了錢便樂於置產。築堤多出來新生地，標售之後蓋起密密的樓房，買主皆是投機致富的新貴。不善投資的小市民，遷到市郊過清貧生活。

國王運河這一帶，搬過來許多商家。酒館與食肆林立，運河裡的水盪起一圈圈菜渣與浮油。不遠處大教堂一塊區域，妓女展示肉體的櫥窗與教堂緊緊相連，教堂鐘樓的尖塔下，女人與客人討價還價，預示的是這個城市愈趨世俗的未來。

揆一知道，尼德蘭的光輝年代，已經是一頁褪色的歷史。

4

那天下午與上午的優劣異勢。

上午，控方試圖先發制人。代表美國政府的律師手裡一疊所謂「證物」，借重現代科技，刪掉的全找了回來。法官面前擺著大疊列印的文件。許多是他曾經送出的電子信。

自己的律師給他一個眼色，制止他，他才意識到兩隻腿正在不停地抖。他手裡的塑膠杯也在微微晃動，桌面上已經濺出一些水。

那時候，滑鼠按下「送出」，想的只是另一方電腦螢幕前，女孩同一分秒就會接到他送出的訊息。電子信裡寫什麼，事後很難追記。譬如說他並不記得，怎麼樣的情況下，自己曾經在電子信上寫著，「我充分理解台灣面對的困難情勢，事實上，你的使命就是我的任務……你的任何要求我都會盡全力達成。」他想，如果不是對著電腦直接按「送出」，而是寫在紙上的信，自己一定更謹慎。對著紙上的字細細斟酌，那是讓他自豪的外交官訓練。

上午的運氣不錯，攻防中他站在有利的位置。證人席上的同事，接連幾位都稱讚他幾近無瑕的專業能力。同事用最堅定的語氣說，這個人若存有背叛美國的意思，那對不起，我要懷疑本身的智商，二十幾年的同事生涯裡，沒有覺察任何異狀。

同事們堅信他不會背叛美國，找機會替他說了許多好話。有人提到他過人的組織能力，提到說留下了深刻印象，說是某一次閉門會議後，他回到辦公室，坐下來，全憑仗記憶，立刻打出一份無懈可擊的報告。

下午在法庭上卻情勢逆轉。

指著列印的電子信，代表控方的律師一次次問他，有沒有洩漏過國家機密？

他堅定地說，從沒有告訴女孩任何不該知道的事。

控方的律師不放過他。每一次 no further questions，其實是等著他掉進陷阱。

後來，他只好承認，是有一次，他在給女孩的信裡提起過跟在布希總統身邊聽見的，有關兩岸的部分。那次是布希在德州農莊會見中國領導人，他跟女孩在電子信上提起過。

他立即又說，泛泛提了提，沒有什麼是原先台灣不知道的內容。

為什麼會在電子信上提起自己在總統身旁，或許是下意識中，表示本身有時候參與機要，讓女孩對他更感興趣。

他記得，還有一次，如果說對台灣懷著一點私心，他在為總統起草國情咨文時偷渡了小小一段，強調跟台灣的友好關係。布希講話時沒有用上。他猜測，那是被總統周圍的幕僚槓掉了，他相信與布希本人無關。那樣的場合，總統像是個讀稿機，更何況布希對國際政治不感興趣。這位心機不深的總統承襲他父親的班底，用的都是老布希的幕僚。這位總統的特點是用人不疑，幕僚送上來的稿子照唸就是。

他當時有些洩氣，幕僚把他置入的那一段臨時刪去。

刪去後，換上的一段又是老套，重申中國是美國重要戰略夥伴的場面話。刪去就刪去了吧，作為職業老手，他不會讓自己的喜怒擺在臉上。不料在這些年後，當年那份國情咨文的草稿也成為控方律師的證據。

整個下午，他落於替自己辯護的不利位置。他幾次鄭重地說，在政府任職多年，作為盡責的公務員，沒有必要回答有關忠誠的問題。

自己的律師也跟著強調這一點，指著他說：「重點是，這個人從來沒有背叛過美國。」明明他就坐在這裡，用詞卻是「這個人」。「this person」？他斜眼瞟瞟自己律師，他不喜歡這樣的說法，好像他是擺在旁邊的一樣東西。「這個東西」，「this thing」？他不是毫無自主能力的一樣東西！

5

揆一被窗外的鳥啼聲叫醒。打開窗簾，樹枝上站著橘黃肚皮的知更鳥。他聽著鳥叫，覺得時序錯亂，自從回到阿姆斯特丹，這是第幾個春天？

近日，揆一愈來愈像患上失憶症的老人，他弄不清晨昏、忘記了年月，從早到晚，沉浸在讓他懊喪的往事裡。

揆一繼續昨天沒寫完的信。「尊崇的閣下，」他寫著，「詳述福爾摩沙的情狀，事關卑職後半生的卑屈。」他換過一張信紙，提醒自己應該在信的開頭補上全稱：「高貴、威武的尼德蘭聯邦暨西敷里士蘭領導人、崇高的省聯政府執政暨諸省海陸指揮官，暨阿姆斯特丹市高貴、傑出的市長暨行政長官，奧倫治威廉三世親王殿下」。

揆一提醒自己，在信裡，他應該一概簡稱「奧倫治親王殿下」，或者直接稱「殿下」。揆一寫著：「殿下，祈望未來一日，在這個城市，有這等榮耀把信親手遞上給您。想著與您同在您治下這可及的距離，卑職已經生起幸福之感。對於在外的人，等待阿姆斯特丹的回覆，曾經是難以形容的折磨。有時候，一封回信要歷經寒暑，慢悠悠等上一年。」

閉上眼，揆一回想福爾摩沙那溫柔的海岸線，在視覺中無限延伸。只可惜自從福爾摩沙棄守，地球上發生了太多事，誰還會記得徘徊在自己心中的島嶼？自從來到這裡，沒有人再跟他說小島的事。只有他，每一天都要回溯一遍過去。他記得熱蘭遮城最後幾個月，那是海島上的初冬。十二月裡，海水突然有不合時的潮熱。寄居蟹從沙裡爬到岸上，沿著城堡外緣，鑽入蚵殼灰與糯米汁黏合的城牆縫隙，接著爬進堡內，鑽入他的床褥。惱人的還有一種不分四季的長腳蚊子，叮一口就是紅腫的硬塊。熱蘭遮城近海沙洲上雜草叢生，長腳蚊子總在黃昏後嗡嗡來襲。

最後兩個月，城堡裡的水井已經乾涸。在圍城裡，每天都有人因為缺乏清水而病倒。補給船隻沒有蹤影，部下愈來愈無心守備，他們跟他說，長官，我們投降吧，投降就可以回家了。

那個冬天，地窖裡只剩下最後兩罈鹿肉。每一日傍晚，對著嵌在牆壁中的聖・尼古拉斯雕像，揆一屈膝跪下。他無聲地禱告，祈求牆上這位出外人的保護神顯靈，讓援軍速速在天際出現。

落日時分，揆一跪在地下的形影沒入城牆的暮色。第二天曙光初透，他已站上城牆張望，期盼尼德蘭的旗幟，奇蹟一般浮出在地平線上。

「殿下，不能突圍、不能進攻，一天一天，能夠做的只有等待。」握著筆，揆一想起那時候墜入的夢境。閉上眼，遠遠海上有模糊的援軍影子，但在船隻現出清楚的輪廓前，他又睜開眼睛醒了過來……

最後兩個月，揆一靠在城牆上也會沉入夢鄉。

6

二〇〇四年九月四日，他人生的分水嶺。

那間河畔餐廳，結束晚餐，他們三個人步向停車場。遠遠的天邊，夕陽剩下一線餘光。靠近停車場的樹叢旁邊，暗影中彷彿有兩個人，朝他們斜著走過來。

當時，他沒有在意。

夜晚有涼意，他下意識地望了望女孩光裸的臂膀。當時念頭閃了一閃，雖然不能夠那麼做，他多想要脫下自己的西裝，披在女孩肩上。

兩個人朝他們靠近。

靠得很近時，突然一個箭步，攔在他們前面。同時舉高右手，亮出「聯邦調查局」的證件。

*

當時他不知道的是，這是布陣多時之後最後收線的動作。

同樣在這個時間，他家門口路燈下，三個人筆直走向他家車道。摁他家門鈴。門打開了。

人員在現場裝了三大箱，所有文件都被當作證物帶走。

*

那時候，他眼看著，女孩從皮包裡交出那個白色信封袋。

他的眼睛跟著，女孩的手臂伸向斜背的皮包，白色信封袋交了過去。

背後是那間河畔餐廳。當時，波多馬克河泛著微光，河水裡倒映著帆船的船桅。

交出去信封袋，女孩空著的手收了回來。

一輛灰色福特停在他身邊，亮出證件的人要他上車。

車開動時他回頭望著，心裡有一絲流連，他知道，這一刻之後，都不一樣了，以後，再見女孩的機會十分渺茫。

回憶中，他的眼睛跟著女孩的身影。身影愈來愈小，女孩在他視線裡縮為小小的一個黑點。

＊

後來，他在法庭上說，信封裡裝的，沒有什麼。不是美國偵測到的情報、不是中國的火箭部署、不是中國在台海附近的潛艇數目，只是整理出來的一些重點，屬於台灣應該知悉的局勢變化。其實，用意僅僅在提醒台灣這忠誠的友邦，美國的外交政策隨時可以改變，自從「九一一事件」，隨時可能出現劇烈的轉向，至於台灣的利益，以美國目前的外交處境，不屬於美國的考慮範圍。

如果真有機密要談，以他從事這一行三十多年的經驗，不會約在周圍都是落地窗的餐廳。

7

接下去的信裡，揆一決定動之以情，詳盡說出自己的過往。

「描述那個島的全貌，就從卑職抵達福爾摩沙開始寫起。」由巴達維亞出發，航行多日後，遠遠望見一團墨綠，一叢叢棕櫚樹從海平面上升起，他興奮地呼喚同伴，看啊，人們說的「美麗之島」！

他寫道，尊貴的殿下，請容卑職略述那裡的風土，林子有鹿群、黑熊，還有吐著鮮紅舌信的蟒蛇。島上植物茂密，山坡長滿果樹，舉起手就可以採食。繞著大員，「麻豆、蕭壟、魍港、諸羅山、下淡水都是西拉雅人聚居的村落。」他盡可能詳細，是為了讓奧倫治親王加深對島嶼的印象：「那裡沒有冬天，土地肥沃，河水自山巔奔流而下，雨後湍急，所以行船不易。對我們的人來說，多少造成探勘的困難。

「島上住民生性純樸，」他在信上鉅細靡遺，「除了箭、弓、鐮刀等漁獵所需，沒有什麼家具。每家都有盛水的壺罐與烹煮的鍋爐，也都在地下放幾個裝曬乾獸肉的籮筐。大肚地區的居民膚色較深，大員以北的膚色稍淡……

「卑職上任的時日，歷任行政長官已經形成某種治理方式，」他寫著，「但在卑職治下才顯出成效。」放下筆來沉吟，他在替自己的功績說好話？這不合本身的個性，無奈此生被冤屈，冤屈得太嚴重，他需要在信上適時平反幾句。他繼續寫道：「卑職擔任行政長官的數年間，政令一概徹底執行，人員薪俸與倉庫的修繕費用等等，都由本地自行負擔。」嘆口氣，他蘸著墨水繼續寫：「除了最後時刻，離開前那一年情勢實在是例外，每年的稅賦按時繳付公司，卑職在財務上沒有短少過公司的進帳。

「卑職努力下，以阿姆斯特丹為城市藍圖，島上的建設逐漸上了軌道，」他在信紙上飛快地寫道，「卑職任期中，在大員市鎮鋪了三條東西向的路基，後來，又加建一條南北向的大道。漢人聚居的普羅民遮城，亦有嶄新的氣象。卑職要求下，街道衛生的規定十分嚴格，居民不得棄置垃圾。漢人移民隨處安身的凌亂景象大為改善。為了加強與大員的聯繫，普羅民遮城開拓一條主要道路，在普羅民遮城正中央，橫向則是三條與這條主要道路交叉的短街。卑職規畫之中，大員市鎮與普羅民遮城應有一條運河相連，只可惜一場蝗災延遲了挖鑿工程。淤積的問題還來不及解決，風雨之後樹葉堆疊，運河裡不易行船。

「若論公司的海外治理，卑職認為最重要的是人和。卑職在任上那幾年，與西拉雅人形成某種契約關係。每年到年終，各地的長老都傳喚到熱蘭遮城。本年度盡到職責的，繼續先前的職位，並拿到一些獎賞。疏於職守的長老，給一次申訴的機會。如果情節嚴重，卑職代表公司，收回刻著公司銀徽的藤手杖，取消長老的權力。」

揆一想著會後照例有招待長老的宴會。為了替公司籠絡人心，他還自作主張，允准長老們把吃不完的東西帶走，並且加送每位長老一套銀刀叉。餐會結束時，他親自站在場外送客，眼見長老們拎了食物籃子、捧著賞賜的銀刀叉，心滿意足地走出去……但他這樣的處置，始終沒有獲得公司的認可；到後來，更讓有心人找到嫁禍的機會，說他藉機盜取公司的銀器。

想到這裡，他特別在信上加上一段：「對西拉雅人偶有恩賜，為的是收買人心。卑職代表公司開恩，有助於治理上的長期績效。」然而，當時他必然錯估了許多事。這些年夜半夢迴，最讓他懊惱的是錯估了其中最關鍵的，巴達維亞會議桌上的險惡情勢。

8

「聯邦調查局」盤詰下，電腦交出去，他們之間的電子信都成為法庭上的證物。他的律師辯解，內容沒有什麼，多是一些普通的客套話。

「單純地提供協助，多數時候是解釋政策，『我很欣慰有所助益』、『我很高興你的工作順利』。電子信上，當事人常這樣客氣地結尾。

「『洩密』？」律師提高聲音說，「我的當事人從來沒有洩密！」

法庭上提到二〇〇二年那封他寫的電子信，其中一段記錄了他在場聽見的，布希總統在德州農場與江澤民的談話內容。信裡，一段平常的敘述，也被當作洩密的罪證。

「對美國，有沒有造成任何傷害？」他的律師駁回去。

其實在開庭之前，他的律師已經提了一份書面自白。上面寫道：「政府的訴狀語意不明，錯解了當事人無害的行為。」

採取怎麼樣的攻防策略，屬於律師的決定，包括答辯時應該如何措詞。「無害的行為」，不曾傷害到美國，重點是重複這關鍵的幾個字！

完全不構成傷害，都是些無關宏旨的小事。譬如他被控告的事項之一是，二〇〇三年九月，從亞洲回返美國，也就是跟女孩約好，兩人在台北相會的那次。回程從杜勒斯國際機場進關，他的通關申報上，在「此次旅行所經國家」那個空格，他用原子筆寫著「中國、日本」。控方說他刻意隱瞞，才沒有在進關的表格上填寫「台灣」。

他聽著律師辯駁道，我的當事人不是欺瞞、不是謊報、不是為了掩飾什麼，根據一九七二年簽署的《上海公報》，那份公報的定義下，台灣不再是一個國家。

他的律師接著說，根據《上海公報》，美國認知到海峽兩岸只有一個中國，而台灣屬於中國的一部分。他的律師高聲唸那張入境表格，清清楚楚寫著，「國家」——countries visited on this trip prior to U. S. arrival，注意那個「countries」，問的是旅途中經過的「國家」，律師很有技巧地說：「既然台灣不算一個『國家』，被告是守法的公務員，入境表格上填寫『中國』，當然已經包括台灣。請問，這構成什麼誠信問題？」

*

下一次開庭，控方又舊事重提，列舉他家裡搜出的文件，試圖給他扣上洩密的罪名。

他的律師辯駁道，說什麼從當事人住處搜出三千多份密件，根本是刻意羅織。事關多年來當事人的工作習慣，因為辦公室的檔案櫃太小，而國務院的資料庫又太大，當事人習慣把文件留在手邊。其實當事人的習慣要溯自一九八〇年代，連複印機都不普遍，經手的文件留下一份紀錄，目的為了將來參考。多數是影本，少數是原件，封套蓋著「機密」，早已經事過境遷，超出了加密時限。

後來，代表美國政府的控方律師要他自己站起來作答。對方重複問他，那個已經答了數十次的問題。

「身為公務員，有沒有『背叛』你的國家？」

對方用「背叛」這字眼，他明白那是陷阱。一旦背上叛國罪名，足以讓他在牢裡關到老死。

喝一口水。這一回，他語氣平緩地說，問題是對待台灣，美國怎麼看待台灣這忠誠的盟邦？

不顧自己律師拋過來的警告眼色，他決定繼續。

他說，為了釐清問題，我們需要走一趟時光隧道，回到那年的《上海公報》。他說，全程瞞住台灣，事先機密運作，屬於季辛吉與尼克森聯手玩的把戲。急火火與中國簽署協議，從此，美國承認台灣屬於所謂的「一個中國」，而問題是，明明牽涉到台灣的命運，只想要討好亟欲建交的北京，始終沒有尋求台灣方面的意見。用一堆「認知到」、「不表異議」之類的外交詞彙，就匆匆決定台灣的地位。中間缺少與台灣磋商的過程，完全不尊重台灣這個多年友邦。

他特意留下讓法官深思的結語。他說，外交圈發生的事，原本不適用一般的道德標準。若以「背叛」這個詞來界定，在與台灣的關係裡，美國外交領域的教父，那位季辛吉曾經做出最卑劣的示範。

9

精神好的早晨，握著筆，揆一繼續描述熱蘭遮城的景象，「卑職任內，城堡內的小道兩邊鋪上細土，埋下飄洋過海的球狀苞種，等著春天冒出新芽。」揆一想像大員住家的窗台也將種滿鮮花，他以為鬱金香終將在島上怒放，三年到五年之後，蔓延成一片燦爛的花海。其中的稀有品種，也與在阿姆斯特丹一樣，成為財富的象徵，激起民眾搶購的狂潮……

「卑職建議下，公司在福爾摩沙放牧了一批馬，在島上，母馬生下強健的幼駒。卑職下令，幼駒作為繁殖的種馬，所有權屬於公司，民眾不得圈養。」他預見放牧的小馬在海邊長大、在野草叢中交配，一代代自行繁衍。他想像如同他來自的地方，福爾摩沙山坡地遍布柔軟的牧草……

想著，揆一又回到島嶼的往日，隔著多年的歲月，他有意導引奧倫治親王穿過時空，跟他一起重回當年的情境。他在信紙上寫著：「除了蔗糖與稻米等本地出產，島上的轉口貿易十分興旺。貨物以生絲與茶葉為主，後來福爾摩沙也轉口瓷器。」寫到瓷器他慢下來，他想要比較台夫特瓷器與東方瓷器的優劣，預計這話題會引起奧倫治親王的興趣。他詳述瓷器原是運送茶葉的副產品，只因為瓷器沒有氣味，不會影響茶葉品質，用瓷器墊在艙底，防止潮氣對茶葉的侵蝕，一艘船幾百箱茶葉，艙底就多了幾十萬件瓷器……

「殿下，我們睿智的商人很快發現，這些壓艙瓷器比茶葉更吸引買家的注意。然而，當時進口的物件，在紋飾上往往過於東方。有的畫著蒼茫山景，有的畫著蓮池水禽，旁邊是對稱的如意、蟠桃，觀賞固然好，不一定符合實用功能。」接下去一段，為的是讓奧倫治親王加深印象：「殿下，就是卑職的建議，纏枝花卉的裝飾上，燒上我們的鬱金香花紋；後來，也是卑職的主意，建議商人，把大盤、高杯等我們習用的餐具放進景德鎮的採購清單。」

寫到這裡，揆一覺得已埋下足夠的伏筆，為了持續奧倫治親王的興趣，就此繞回尼德蘭本地的瓷器發展：「由於傳進來的燒瓷技術，殿下，從那時候起，台夫特瓷器也出現重大的突破。如您所悉，台夫特的產品樣式繁多，包括貼牆面的瓷磚，包括啤酒杯、芥末瓶、手杖柄、剃鬍鬚盆等各種造型，符合我們的用處。」揆一抓住瓷器這奧倫治親王必然會關注的話題：「殿下，近年來，『台夫特藍』

的技術臻於成熟。歸功我們匠人的巧手，從明朝萬曆年一路模仿、繼續改進，目前，台夫特已成為歐洲瓷器的主要供應商。」

這封信結束時，蘸著墨水，揆一又陷入傷懷：「如同歲月興替的鏡面，殿下，瓷器只是盛衰的一端。」揆一惋惜的是那命運不濟的島嶼：「今天，福爾摩沙在瓷器轉口的地位迅速沒落，我們的人離去後，福爾摩沙的榮景已經成為過去……

「這麼多年，那個島總是陷入夾縫。」想著暮年歲月最感慨的一件事，揆一枯澀的眼裡湧出淚水。

10

「聯邦調查局」代表美國政府控訴某某某。他就是那個某某某，在他居住地維吉尼亞州的重案法庭審理這件轟動的大案。

坐在律師旁邊，他努力按捺住脾氣。

不應該動氣，他知道自己有些動氣。趁著喝水的空檔，他的律師傳過來一張紙條，提醒他放鬆臉上的肌肉。

不可忍受的是，他們還汙衊那個女孩！

起訴書上寫道，那位顯然負有任務的女性接近他，「動機不一定純潔」。整起事件中，他們把他形容成難以抵擋誘惑，以國家機密換取女性交誼的那種人，代表「聯邦調查局」的律師更直截了當，說他吞下了女色的餌。

他們一再用曖昧的字，形容事件中的男女關係。追問他與女孩的身體接觸，「趴下去，在車裡做些什麼？」指著一疊背影的照片，對方律師說，「雖然光線不足，不尋常的姿勢，看起來是在車裡——」他聽見一堆粗鄙的字眼，故意激怒他，讓他在答詢中一個不當心，蹈入對方設下的陷阱。法庭的攻防過程中，他極力壓抑情緒，律師事前跟他說過，這種事不適合當庭辯論。流傳出去，成為媒體的八卦消息。

他贊成律師的意見，這種事只會愈描愈黑。更何況，怎麼說？怎麼替自己辯護？他甚至不知道他們會不會逼問女孩？在他們逼供之下，女孩會不會說出什麼？而他也完全不知道，台灣在更高利益的考量下又準備承認什麼？否認什麼？多年在國務院打轉，他知道這個原則，為了更高一層的戰略目標，什麼都可能犧牲。沒有的事，可以衍生出來；明明發生過的，也可以推得乾淨。必要時，決策方面自會採取非比尋常的措施。他聽多了這一類的案例。

他不是外行人。他清楚知道其中的機制，為換取國家安全的至高目標，犧牲一兩個人的權益，不算什麼。

*

最後，輪到他自己回覆有關忠誠的提問，他用這機會反問回去。

他反問道，就算其中有所謂「機密」、兩個人交往中確實傳遞過所謂的「機密」，換一個角度也可以起疑，為什麼長年的友邦還需要探知這份機密？他的意思是，若不是擔心蒙在鼓裡，糊里糊塗地被美國出賣，為什麼需要對美國持續情蒐？為什麼還需要自己的駐外人員探聽國務院的想法？他心裡希望法官聽得懂，在《台灣關係法》施行的二十多年以後，美國，對待台灣，比起對待中國，我們對不起台灣這忠誠的友人。

接著，他大聲說，對台灣，我們曾經降低道德的自我要求。與台灣目前非正式的關係，其實是當年一場外交密戲的犧牲品……

他愈說愈動氣。

停下來，喝幾口桌上的瓶裝水，他再以平緩的語氣繼續。

他說，正因為我們國家背叛過一個忠心的友邦，關係裡曾經充滿欺瞞，這種不正常的心態下，才會把涉外人員正常分享的文件，當作「事關國家機密」。

11

失眠是這些年的老毛病，自從回到阿姆斯特丹，揆一常是半夜就醒來了。月光映照著他蓬鬆的白髮，點起一截蠟燭，揆一在信紙上寫道：「殿下，外放的歲月，卑職吃足了暗虧。卑職出生地是斯德哥爾摩，在褊狹的心眼裡，卑職總被看作是傭兵，到關鍵時刻，卑職被視為與公司利益相違的外國人！

「運送過來的物資被人動了手腳，最後一年，明明軍情緊急，分配到島上的竟然是些生鏽的槍枝⋯⋯」一邊寫，揆一想著那幾年，必需品時有時無，火藥裡攙有沙子，眼巴巴盼來的牛油質地欠佳，連塗麵包都少些滋味。當年在黯淡的燭光底下，他總在寄往巴達維亞的信上乞求，這裡的物資嚴重不足，補給船什麼時候會到大員港口？

最後那年冬天，巴達維亞的會議廳裡坐著見死不救的傢伙；等到事不可為，更在他背後猛力插刀，編造構陷他的罪名⋯⋯

隨他或死或活，只因為他不是自己人。從他上任之初，巴達維亞那批人就誣指他竊用公司的資金。一份份寄往阿姆斯特丹總部的報告中寫著，熱蘭遮城裡的行政長官「塗改帳簿，侵占士兵的薪資」、「揆一手裡拿去的，占我們『東印度公司』財產一大部分」。更可怕的是，他們還用曖昧的文字羅織他：「公司財產的下落為何，莫說只有上帝知道，我們認為應該重啟調查，因為整樁事都值得懷疑。我們認為是有人找到機會，藉國姓爺來犯，從中取得私利。」還提到撤出婦孺的一艘船，船上幾箱瓷器被說成來路不明的贓貨，隱指他侵占公產，準備運回歐陸盜賣。說起來令人神傷，包括他前一位亡妻蘇珊娜的古董家私，也被說成任內悄悄私吞的公產。

除了誣陷他金錢的去處交代不清，更屢屢以出身來懷疑他。在當年，一封一封由巴達維亞給阿姆斯特丹總部的密函寫著：「在研判過揆一的作為之後，發現他的真心在瑞典。」「對公司來說，讓出生在外國的人擔任駐守要職，是一件此後應該更加謹慎的事。」

事隔許多年，此刻在燭光下，揆一用手背擦擦眼淚，低頭寫著：「殿下，那批小人，構陷正直的駐外長官，損害公司令譽，汙損的是我尼德蘭的榮光。」

重重誣指之中，最傷他心的尤是怯戰的罪名。就因為和議之時熱蘭遮城堡尚稱完好，城牆本身沒任何損傷，巴達維亞送往阿姆斯特丹的報告上謊稱，熱蘭遮城「絕對有能力抵禦敵人的攻擊」，一切由於末代長官的怯懦，「沒等到敵人射出一發砲彈，更沒有對敵人做出任何反擊，就要求握手言和」，而對方願意簽訂和約，也被說成：「都因為我們的熱蘭遮堅如磐石，砲火難以攻破城堡。」更無望的是，這是評議委員議決的正式文書，會議桌上的委員都簽下名字，而當時集體決策的模式，也讓躲在背後放暗箭的小人消弭於無形。

擱下鵝毛筆，他在月色下感到悲涼。委屈是說不盡了啊，「背上叛國的罪名，接下去是漫長的流放，殿下，對卑職個人，歲月不能夠重來，冤屈早已經無從平反。」

12

鬧下來，他回去讀那陣子為了官司所蒐集的，各方針對案件的評論。他的中文閱讀不成問題，問題在於台灣報紙上一些不實的說法，讓他懷疑自己是不是讀錯了什麼。最令他不解的，當時在台灣的立法院質詢，其中一位立法委員的發言是：

美國政府先抓人，隔幾天更把消息透露給《紐約時報》與《華盛頓郵報》等美國重要報刊，一陣敲鑼打鼓，搞得像是台灣偷走什麼不得了的情報，讓人不得不懷疑有政治操作……美國外交官有沒有為台灣做間諜，還待調查，但是，美國已亮黃牌示警，顯示我們的外交第一線出現極大的漏洞。

這個案件，變成台灣內部政治鬥爭的導火線。當年，某份報紙的社論寫著：

事件還在發展中。不過，我方高層的反應總是慢了幾步。都是在美國媒體報導後，才有所聽聞。行政院長、外交部長在狀況外，而我們懷疑，國安系統第一時間有被告知嗎？這也是我們擔心之處。政府各涉外單位，統一事權、統一窗口的整合協調，並沒有任何績效。沒出事，各幹各的；出了事，一問三不知。這不可怕嗎？

另一份報紙的短評是：

台美關係惡化，政府處理涉外工作，不考量能否在國際社會行得通，著眼的是國內的政治利益，結果惹出不少禍端……

還有這一則評論：

近年來對涉外事務，瀰漫急功近利的作風，總以投機的方式不擇手段地強行操作，前有夏馨，現在有一位洩漏機密的國務院高官，不僅危及我們的友人，也傷害國家形象……國安局駐美人員向美國官員取得要點提示，即使只是一些談話資料，與竊取或刺探美國政府的公務機密，程度上雖有很大差別，但是雙方會面時被聯邦調查局當場逮捕，這對雙方的關係發展而言，極為不利……

看起來，台灣的反對黨為了抨擊執政團隊，強調是外交部門因為操作手法粗糙而捅下了漏子。當時在台灣立法院裡質詢，隨便把他與那位外行人夏馨放在一起。他嘆口氣，自己多年來累積的專業哪裡去了？與夏馨放在一起，好像橘子與蘋果揀進一個籃子。立法委員以這兩件事相提並論，認為都是政府做外交過於躁進的結果，台灣報紙也跟著這樣寫，他覺得專業上蒙受莫大的汙衊。

另一份報紙甚至下了結論：

就此一事件的後果評估，了解內情的人士表示，如果按照華府的政治情況，本案恐怕已不是單純個案，而是政策走勢的風向球。華府流傳的說法是，在有關對台議題上，這個被指控的間諜案件只是一個風向球，主要是美國的中國政策已出現重大轉折，華府與北京從原來一觸即發的緊張關係，轉成半妥協的狀態，未來將更加靠近，而為了替即將出現的大幅度轉折鋪路，只好先犧牲這位被認為是立場親台的資深官員，一件高官洩密案，背後的原因是美、中、台三方面親疏距離的變化。

各份報紙中，他最不喜歡其中一則報導的用詞。之前，他沒聽過這個中文成語，叫作「臨老入花叢」。

13

第二天早上，揆一把昨晚未完成的信攤開，在晨光中寫著，「直到撤離的最後一刻，卑職不曾一時或忘尼德蘭的榮光。

「奧倫治親王殿下，卑職簽下的是不失尊嚴的和議。」揆一蘸著墨水一口氣寫下：「卑職所簽的是對等的條約，其中所明載的，只是統治權的轉移。尊貴的殿下，從頭到尾，卑職沒有損減公司的尊榮。卑職堅持下，我們的人整齊列隊，昂著頭走出城堡。殿下，我們是子彈上膛、打著小鼓上船。」

揆一放下筆，再度陷入傷懷。他想著自己曾經多麼天真，撤退途中，絲毫沒有想到和議內容已經成為口實，他掉入了評議會設下的圈套。包括確保尼德蘭尊嚴的第一條，「雙方忘記仇恨」，明明是純潔的用心，用意是規範對方善待公司的人員，想不到自己研擬的條文，坐實他懦弱的罪證，成了評議會的攻擊口實。「殿下，卑職無以想像，」拿起筆，他顫抖著手寫道，「卑職怎麼樣也算不到，巴達維亞竟然做出決議，把誤判的惡果悉數推給卑職。回到巴達維亞，卑職在叛國的罪名下受審，罪狀是貽誤了福爾摩沙、失掉公司在地球上最有前途的根據地。」

寫到這裡，揆一幾乎一字一嘆，想著傷懷的往事，他忍住淚水再敘述一遍：「當時，卑職在前線研擬和議，文字來回磋商，十六條還是十八條？每一字增增減減，旨在維護尼德蘭的尊嚴，而巴達維亞的會議桌上，委員們已經集結起來，在陰謀裡集結成一黨。」想著那他半生的冤屈，他彷彿可以穿過時光，看到會議桌上發言的順序。坐在上首的是費爾勃格，他的前任，不幸是他畢生的死敵。費爾勃格發言後，附議的幾個人有的跟自己素有嫌隙，對他外放的機會始終懷恨在心；有人做過其他地方的行政長官，亟待下一次升遷，把他視為潛在的競爭對手。到後來，費爾勃格目光環視一周，眾人有默契地點點頭，就這樣取得共識，定下他的罪，順便洗脫巴達維亞的責任。

「揆一是說謊的小人！」會議室裡的決議始終跟著他。後半生，每個難眠的夜晚，那份決議上種種不實的控訴，在若睡若醒的光景繼續折磨他的心。

14

兩個魔鬼選一個。

請來的律師說服了自己，若以間諜罪起訴，最高可能判到二十五年。

讓案件迅速落幕。認罪協商是對當事人有利的選擇。

認罪的範圍局限在小事，包括他一時輕忽，未經許可把文件帶回家；包括未跟主管機構誠實報告與羅洛萊的交往；以及為了要瞞著妻子，因此才隱瞞上次停留台灣的行程。承認這類失誤，律師告訴他，法官將以人情的角度來從輕量刑。

他並不甘願認下這些所謂小錯，他知道其中多是有心人在刻意羅織。譬如，說是從他家裡清出來三千多份加密的檔案，他自己早忘記了這些卷宗夾的存在。他懷疑「聯邦調查局」的人員之前就進過他的家，戴上手套，掩蓋掉指紋，打開他的每一個抽屜，翻揀出每一樣可能的證物。

事先都編派好了，蒐證只為了在法庭呈堂，他們在努力蒐羅罪證。

還說他家裡的電腦硬碟裡還原出一些證據，都是私自帶出辦公室的祕密資料。其實，他並不是有意貯存，只是為了方便參考，其中沒有一件是牽涉到台灣的重大機密。

律師拍拍他肩膀，安慰他說，法網落下來的時候，當事人一定覺得冤屈，這種關頭，總是有理講不清。

*

不以間諜罪名起訴，這是認罪協商的條件。

認罪協商其實是某種妥協，當事人承認一點錯誤，換取不以間諜罪名起訴的待遇。於是他簽字認了。包括自己一時疏忽，在進海關的表格上漏寫那一趟到台灣的行程。

後來，宣判書寫著，沒有任何證據顯示他洩漏國家機密，也沒有任何證據顯示，當事人接受過任何回報。

「當事人不曾背叛美國，只是在許多事上嚴重缺乏判斷力。」重點是，這案件無涉忠貞問題，因此測謊的結果，就不必當作法庭上的呈堂證物。

他後來才知道，高層決定了很多事，有人在後面說了算。法庭上的言詞過招，跟案件如何終結並沒有直接的關係。

15

停下筆，回到那一日清晨。砲聲突然停歇下來，望遠鏡裡，堡壘另一側，烏特勒茲堡方向，升起國姓爺的旗幟！棄守了？就這樣結束了？逃回來的傷兵報告道，敵軍在近處集結，隨時向著熱蘭遮城包抄過來。

嘆一口氣，揆一在下一張信紙上繼續寫，「殿下，卑職做的是不得已的決定。」

閉上眼，揆一記得自己在小鼓聲中一路走上船。他走在最前面，往後望去，路邊掉落了勳章、帽紐、佩刀纓飾……登船前最後一眼，淚光中，熱蘭遮城堡浮起在岸邊的沙洲上。

他站在船上回頭望，幾箱文件在接駁時掉進海裡。隨著他上任運過來的藏書也浸了水，一頁一頁地漂散。紙張溼了，字跡一片漫漶，只有藏書印上的標記，像葉脈，凸起在溼透的紙張上。

16

他記得最後見到女孩的那天。

河畔餐廳裡，見得到天邊一抹夕陽。

女孩坐在他身旁，眼裡帶著笑。窗外看得見機場的塔台、平緩的跑道。更遠一點，望得到國會山莊的白色圓頂。

後來他被帶上車子，離開那處河畔餐廳。

車窗外，碼頭上幾支船桅，聽得見河水拍打石礫的聲音。後來駛向公路，路面長而直，在他的眼尾餘光中，望見波多馬克河邊最後的暮色。

法院裡宣判的時刻，法官鄭重地說：「這份入監判決，對其他背負公眾信任的公職人員，將是一次嚴肅的警告！」

第二章　默契

默契，這個世界是按照默契在運作。

台灣與美國、美國與中國、台灣與中國，好像精巧的齒輪，一方卡著一方。相互間有微妙的連動，一點錯亂不得。因為之間的連動，牽涉其中的每一方都同意，事件中的女主角不必出現。

傷害需要管控，一切都在管控的範圍，正因為女主角沒有露面，她毋須站上法庭，這樣，政府在交涉時多出些運作的空間。

從頭到尾，她是事件中沉默的那一位。

然而，這並不表示事件中的女主角沒有犯錯，即使是最替她說話的長官，也承認她的判斷力有問題，險些釀成台美間難以收拾的外交危機。

至於，為什麼整件事會爆發出來？為什麼又在全面失控前快速熄火？內中的詳情，只有台美兩地掌握國家安全機構的決策者才會清楚知道。

可能只是一項示警的動作，不過是提出警告，要給事件中踰越界線的人一個警訊。

默契之中包括，她不必站上法庭，但她一定要離開這個圈子。

*

你以為在女主角心裡，她遲早會遇到專業倫理的問題。

在她心裡，她會不會覺得自己有虧職守？

或者，她根本沒想那麼多，她只是認真地為自己國家做事。包括最後河畔餐廳那場飯局，「聯邦調查局」當場逮人的那一次，在她天真的想法裡，就因為沒有什麼，才帶自己的長官與會。

*

那麼，事件中的男主角呢？他會不會覺得自己有虧職守？

站在法庭上，他否認所有的指控。

只有善意，中間只有善意，他說，對台灣，他做的是善意的告知。

*

其實也沒有什麼。

他在法庭上一次又一次地說：「沒有什麼。」

他坐下來，聽著律師用專業口吻回答法官的問題。

律師重複一遍他剛說過的意思：「當事人已經屢次陳訴，從來沒有以國家利益作為交換。」

律師說，當事人是陷入某種氛圍之中。

停一停，律師又繼續說，其實，經常接觸某一類的詞彙，很自然地，就會依照那類詞彙所界定的關係來行事。律師又解釋道，好像在宗教團體裡，聽多了「這個大家庭」，用多了聖經裡的「弟兄」、「姊妹」，教友間自然有某種親屬的感覺。美國在這些年間，各種場合裡一再強調，不會對台灣違背承諾，而台灣總在憂慮美國有沒有進一步「背棄」──乃至「出賣」台灣。

律師繼續說：「先懷疑對方 betrayal，從 betrayal 又進一步發展，懷疑對方有沒有 infidelity、有沒有犯下不忠誠的罪狀，美台雙方即使是官方文書也這般措詞。」律師在這裡故意頓了一下，接著說，「試想，當事人在職務中接觸的都是這類詞彙，聽聽看，像不像一對男女在互相懷疑、互相印證？對當事人來說，穿梭在美台之間，整天環繞著那組詞彙，男女關係竟成為現實的認知也不一定。

「比與台灣斷交更早，」律師在回溯歷史，「中美建交前幾年，台灣已經感覺到風雨欲來。台灣是小島，一有風聲，很容易過度反應。美國任何一個不經意的動作，從媒體報導開始，立即引發台灣方面歇斯底里的反應。媒體談到美國，用語動輒是『不顧人民感情』、『背棄多年盟約』之類的話，」說到這裡，律師頓了一頓，「聽聽看，像不像擔心被男人拋棄的小女人？

「後來等到中美建交，」律師繼續說，「正式有外交關係的是北京，美國又好似離婚的前夫，難說是放不下台灣，還是要藉台灣不時刺激一下北京，美國繼續跟台灣密切來往。這時候，台灣像個不死心的前妻。尤其，台灣政府為了對內宣傳，口口聲聲與美國的所謂『實質關係』，好像美國跟中國的關係僅是表面，建交手續是幌子，對台灣這離了婚的前妻，才代表美國的真心。

「這個案子的被告，所陷入的，其實是曖昧詞彙所構成的語境……」彎子繞回來，律師找機會幫他說話。

他知道這是律師採用的策略。先是全盤認下，承認其中確實有男女關係，再推說是情境使然，是情境讓判斷力出了問題，以這種說法來博取法官的同情。

接著，律師又敘述歷史：「美國跟台灣曾經關係密切。一九四九之後，美軍幫忙協防台灣，美軍在台灣的部署，曾經是太平洋軍力最重要的一環，然而從台灣的角度，美國確實有不輝煌的歷史紀錄。一九四九之前的幾年間，國共對峙局面下美國主張和解，在關鍵時刻，『背棄』過國民黨政權。換句話說，台灣對美國的信賴感一向薄弱。斷交後，沒有正式名分的情況，台灣尤其渴求來自美國的保證，」律師又繞回與本案相關的部分，「這些年在華盛頓，台灣派過來的外交官多數懷有任務，與我們的官員積極交往的同時，一面努力情蒐。」

律師接著說：「這可以解釋我的當事人，一位忠誠的政府官員所陷入的險境！」律師又說：「美國與台灣之間，若用男女關係來比喻，其實比較容易理解。

這幾年中國勢力擴張，台灣在美國面前，不停地爭取、不停地試探，想要知道多一點的訊息，希望換取某種保證。

「從一開始……」他聽著律師說下去。

*

從一開始，只是相約喝一杯咖啡。事情的開始沒有任何特殊的地方。

一杯咖啡，星巴克一個角落。

明明沒有什麼。

但他總是心虛，很怕碰見熟人。碰見熟人，要不要介紹旁邊的女性，怎麼說呢？

他在心裡想過，就說不認識好了，剛才在這裡碰見，坐在隔壁隨意聊了起來。

然而，下次若再被同樣的人碰見，該怎樣解釋？

他們碰見過他的同事。

儘管努力鎮靜，兩人都有些不自然。打過招呼離開，那人若有深意地，望了望他身邊的黑髮女人。

＊

後來他們選擇散步。

兩人之間常玩一種遊戲。博物館一帶的長椅上，坐著，肩並肩，假裝前一刻剛剛相識。聊了幾句，站起身來，肩並肩一步一步往前走。

博物館一帶很空曠，來來往往的多是外地來的觀光客。沒有人會注意他們。若是選在他辦公室附近晃蕩，一男一女的身影很容易滋生聯想。

＊

他們偶爾相約在餐廳裡。

辦公室附近的餐廳，碰見熟人的機會很高。除非有第三者在場，兩個人單獨吃飯，一看就像情侶在約會。

尤其白種男人跟年輕的亞洲女人對坐，刻板印象裡，後者是前者容易下手的對象。

可以讓他們容身的地方不多。

＊

他們後來發現，最安全的地方反而是他的車子。

關上車門，那裡有一方自足的天地。

黃昏以後就更安全了，路燈與路燈間隙之間，總有一塊暗影。尤其華盛頓夏季常有暴雨，密密的雨點打在車窗上，四周拉起不透明的簾幕。

車內，女孩在他旁邊。由他的手，隔著衣服，流連在那隻手想去的地方。

有一次，他的嘴唇輕輕滑過她頰邊，碰到她的唇。

「遇上你，這人生真是完美，」在電子信上，他隱晦地寫道，「晚上很完美。酒完美，晚餐也完美，你，更是完美到無懈可擊。」

第三章　金色的河流

福爾摩沙的歲月，在揆一記憶裡飛快地流動。有一年，他從大員往東，沼澤深處，藏著一條閃金光的大河。

騎馬穿行，過了那條河，然後是縱谷、淺灘，水紋中，看得見嵌進岩層的礦脈。經過一片針木林，山下又是一片茂密的闊葉林，一路現出不同的林相。高而直的樹幹底下，停下馬，他在心裡對著林木盤算，運回阿姆斯特丹，砍下來可以做房子的梁柱，最大的幾株還可以做遠洋船的桅杆。

過了一處覆滿芬芳野花的鞍部，山脈益發奇拔，從海平面插入雲端。再走一段，地勢險峻起來，山底下的溪谷怪石嶙峋，急流轉彎處，溪水翻騰，白湍中夾帶翻滾的礫石。

那是他一生精力最充沛的年月，揆一在河的沿岸來回過許多趟。這一次，身旁是三千公尺以上的高山。低下頭，他在探勘的紀錄裡寫著：「順著河流，山底下出現肥沃的沖積扇，在福爾摩沙，每年十月到第二年三月颳東北季風，五月到九月，吹起溫暖而潮溼的西南風。」他又寫著：「若不是親身探勘，怎麼能夠想像島嶼多樣的地貌？這些年來公司派過來的傳教士，專長是繪製地圖，誇口自己長於測量，但精準的常是細部一隅。至今，還沒有人繪出福爾摩沙正確的全圖。」

＊

再一回神，揆一眼前是島上濃密的綠，綠得讓他透不過氣。

白雲在天際飄，山峰插在雲裡，河流像蜿蜒的飄帶，繞著暮色下閃爍微光的海岸線。複雜的地形像一座迷宮，足以讓外來的統治者迷途、讓外來者走不出去。

他依稀記得那個隱喻，是警告嗎？替這島嶼命名的葡萄牙水手，風浪中撞上暗礁，回航的船隻擱淺，困在沙洲上找不到歸路。

經過一段平緩的河谷，他騎馬向高處走，濃密的樹蔭遮住陽光，落下攀緣的藤蔓。沒有路的茂林裡，麻豆社的嚮導用腰刀砍出一條小徑。跟著嚮導向前，山路非常崎嶇，他揮揮馬鞭才能跟上。眼看嚮導往前直衝，他夾緊馬肚子，馬匹一陣疾行，他額上的汗順著帽簷滴下來。腰上的汗溼了褲子，隨綁腿流進靴子裡。揆一吃力地跟在嚮導後面，他意會到麻豆社男人勇健的腿力。麻豆社一度被稱作「最強大的部落」，這曾經讓蒲特曼斯吃足苦頭的一族確實是最好的戰士。

嚮導帶路，在樹叢之間跳著走，比山貓還要矯健。

揆一在馬背上一路顛簸，四周的蕨類正散放各種異香。樹上掛著碗大的紅花，豐碩多汁在等人吸吮。神祕的形狀，讓揆一想到飽滿的紅唇，想著，他感覺到絲絲的暈眩。

望著嚮導裸露在陽光下的褐色皮膚，這時刻，揆一想要脫掉上衣。解開脖子上第一顆鈕釦，又停住了，嚴謹的個性讓他怎麼樣都忘不掉身分。他是行政長官，在外面代表公司。他告訴自己，怎麼樣都不應該在人前解開釦子。

跟著嚮導，他的馬涉入一條河。

下一刻，一串串響雷從空中劈下。

馬奔跳起來，他的靴子倒吊在馬蹬上，一頭向下栽進泥水裡。要不是嚮導動作快，拉住韁繩，撥開他的馬蹬，他當下就會在河裡喪命。「你不該進來這裡，祖靈生氣了，你不應該進我們林子。」嚮導嘴裡嘰咕著，扶揆一坐回馬上。那一分鐘，揆一突然記起巫師告訴他的神諭。

「河岸上，你將遇見我們的女人。」那一次，祭典的場子裡，揆一迷糊地聽見巫師這樣宣告。

巫師預見的，難道是他接下去的翻覆？

第二天，想要試試水性，揆一支開嚮導，一個人上了竹筏。

竹筏順著水流漂，水很靜，望得見水底的魚群。他倚在竹筏上看風景，突然一個轉彎，上游的水急沖而下，他的竹筏撞向堆疊的石頭。他撐竿，想要繞過那個險灘，豆大的雨點落下來，一時山洪暴漲，竹筏在河水中裂成兩半。

倉皇間，他掉進水裡。後來他浮上水面。水很急，他試圖用手抓住漂過來的竹筏碎片，滿手都是滑溜的水草。

後來，他睜開眼，發現自己躺在岸邊，眼前一對裸露的乳房，水珠正從乳溝之間滴下來。她是救了自己的女人？

床邊几上，鵝毛筆上蘸了墨水，燭光下，他想要叫喚那印在心版上的名字，「娜娜，」他喃喃唸著。

娜娜，這唯一的名字，他不能在清醒的時候寫在紙上。

＊

當時，他只是僵在那裡。

望著他，她吃吃地笑。

她幫他鬆開鈕釦，拉住溼透了的袖子，脫下他的制服。像安慰受驚的孩子，她的手臂伸向他，撫摸他的前胸。

他渾身顫抖著，因為冷？因為驚嚇？因為貼在身上的溼衣服？也因為突然生出一些不該有的念頭？

她幫他把額上的金髮撥開，按住他的頭，放入自己的乳溝中間。

慢慢地，手腳暖和起來，他開始回應她的動作。

他感覺到她的皮膚、她的氣味，乳溝中有細沙、有汙泥，還有長長軟軟的水韭菜。從她身上，他嗅到樹葉與黏土的味道。

他試著往深處探索，手臂伸向她的大腿窩。他動作很小心，擔心弄痛了她。

幾百年後，文明的現代人會說，發展到這一步，兩人間需要很好的默契。先以語言開始，有機會開口試探……若是語言得宜，貼切的話說到心坎裡，下面才可能繼續進展……進展到約會階段。

關鍵的是默契繼續與否？接下去，在約會的餐廳，兩人隔著一張檯面對坐，盯住菜單來解除尷尬。接下去，餐桌上前菜的滋味、酒精的度數，還有忽明忽滅的蠟燭光，都可能是默契能否增長的關鍵。好像精細的齒輪，一點錯亂不得。提問要恰到好處，才能夠嵌入另一個人所預想的答案。交談時候，就連眉眼之間的表情也需要默契互動。

某些場合運氣特佳，酒精發揮助興的力量，在餐桌上已經開始進一步試探：從研究掌紋開始、從閱讀手心開始，端賴指尖的觸感符合雙方的預期……等到躺進臂彎裡，手指穿越衣服，終於進入雙人舞的主旋律。在關鍵時刻，肢體更需要彼此配合，敏感度上相互應和。最後一步步接近高潮，那是文明年代男女關係的必要步驟。

在福爾摩沙，一條河的河岸。西元一六五九那年夏天，那一刻只是直覺、只是氣味……或者，只是某種母性的憐惜……女人帶領躺在她旁邊的男人，順著大腿窩黏膩的那股甜香，探索她身體每一處縫隙與皺褶。

後來，她教他貼著她的後背，把她的臀部抵住。兩人側躺在地下，像重疊在一起的蟲蛹。姑婆芋的大葉子底下，靜靜地，釋放出兩個身體最深處的震顫。

許多年後，揆一仍然記得，那條河畔，凹凸的兩個身體怎麼樣緊密相合！

他們身邊，河流嗚咽著，沿河的樹蛙在高唱。寬尾鳳蝶在草叢間飛舞，貝殼發出奇幻的螢彩……他們身邊是大河的分支，但他卻無從知悉，多年以後，那條河的分支將改道注入台江，造成「台江內海」淤積，而大員港埋沒在汙泥中，船舶進港的水道看不見了……

這一刻，揆一忘記探險的使命，忘記此行目的在沿河床尋找金砂。溼潤的水道裡，在沙洲與沙洲的空隙之間，他充滿激情地向前探索。指尖的神經末梢在導航，一回又一回，傳遞給他來自另一個身體的神祕訊息。

*

後來，他一遍遍地回想，在監獄裡，在流放的島上，在阿姆斯特丹臨靠運河的小樓上，思鄉病一樣，他努力想要記起娜娜身上每一處神祕的溝迴。

他徘徊在過去，由著記憶回到那難忘的瞬間。幫他脫下制服，用手指梳順他耳後的鬢髮，娜娜拉他進懷中，把他的額頭放在雙乳之間，好像在哺育一頭受傷的小獸。

伸出手，他開始輕觸女人棕色的肌膚。

當時的夢裡有一條河，他向女人游過去。感覺上，進入的是一條安靜的河道，而他在她的身體縫隙中匍匐向前。

怕的是他從熟睡中醒來，睜開眼，女人不見了。

當他在水面吸一口氣，抬頭望向坐在河岸上的女人，女人不在那裡。

*

他跳進河中潛泳。

從水底浮上水面，他睜開眼睛，女人又回來了，坐在石頭上等他。

他抱住她，感覺上有短暫的勃起。他們躺在一塊大石頭上，天很藍，看得到椰子蟹在樹上爬行，高高的樹梢掛著多汁的果實。

後來，他靠著她的肩膀歇息。娜娜不時摸摸他胸膛，撥開濃密的毛髮，吸吮黏在胸毛上的汗珠。指指她自己的心房，不用發出聲音，他知道是喜歡的意思。

愛人間毋須聲音。他們相處，話語從來不是障礙。更何況他會聽少許西拉雅族人的語言。

然而，娜娜像島上的水流，湍急無定。他從來不知道娜娜什麼時候出現，下一刻，還會不會回來？

*

是他的幻覺？一雙腳潛進他帳篷，娜娜又來了，他們有歡愛的片刻。

那次，他是從虎尾壠沿笨港溪，攀上幾座山，穿過短促的一條河，朝向一大片沙洲，他支開嚮導，在河的分支處與部屬分途。

他行蹤很小心，特意不帶隨從。一個人一匹馬，他一路向東，朝日出的方向，繼續向蠻荒處走。

河水在陽光下靜靜閃著光。閃爍的水光之間，櫻花鮭在溯溪上游，綠翅膀的蜻蜓飛得緊貼水面。天黑後，蚊子成群聚過來，在他旁邊嗡嗡地繞。

午夜時候，營火熄了。他張開眼，嗅到娜娜的氣息。

他輕輕托高娜娜的腳板，擦去娜娜腿上的泥。很仔細地，用自己衣服揩乾淨娜娜腳趾縫的汙垢。

他撥弄娜娜臂上裂開的血瘢，處處都是新的傷口。娜娜指她自己，一路在後面悄悄跟著，有時候躲進樹叢，樹枝劃破肌膚留下了印記。他撫摸娜娜肚臍下軟軟的毛，藏著沙粒，渡過那條湍急的河，那是水流經過毛髮的遺跡。

*

那是最後一次，娜娜赤腳，坐在城裡的砲台上。

沒有人注意到翻越城牆的人影。多日困在堡裡，圍城裡的士兵都累趴了，當值的時候也會昏昏睡去。

娜娜脫下他的靴子，幫他解開多日未曾換洗的上衣。遠處海上，雷電交織連成一片，他由著娜娜騎上他的身子。
離開之前，娜娜在他金屬鈕釦的釦眼裡插上一朵野花。
她是爬牆進來的，在天亮前又悄悄爬下城堡。

*

烏特勒茲堡被夷平的前一夜，在圍城裡，揆一聽見城牆底下的歌聲，月色下，歌聲充滿動人心弦的感情。
沉醉在歌聲裡，他忘了時間，暫時忘記國姓爺就在不遠的地方，隨時會向烏特勒茲堡發動攻勢。
第二天，烏特勒茲堡陷入一片火海。後來，砲聲停歇下來，望遠鏡裡，烏特勒茲堡方向升起國姓爺的旗幟。
前個夜晚，是娜娜在城堡底下唱歌？難道她已經知道，熱蘭遮城的歲月即將走到盡頭？這麼快，一切就要結束了。
撤走的那一天，揆一在人堆裡找尋娜娜。軍樂聲中，他幾度停下腳步。他一路用眼睛搜尋，圍過來看熱鬧的居民之間，有沒有娜娜的身影？

昔日的溫存充滿心中，而這份溫存多麼讓他傷懷，這些年來，她變老了吧？他不敢想像，後來變老了的娜娜，像他記憶裡的西拉雅老婦？他告訴自己，婦人生下一堆孩子後全身肥腫起來，下腹變得寬闊，一圈贅肉鬆鬆垂著。他狠心地想像，兩條大腿，在屁股底下顯得粗而短。他看過那些年老的族人，臉上條紋的刺青，嵌進粗礫的肌膚裡，銜著菸斗站在祭典的柴堆外圈……他告訴自己，花兒枯萎了，眼裡的火種已經熄滅，變成一個無法辨識的老婦人了，而當年，娜娜碰見自己的時候，那是花兒盛放的時節。娜娜曾經敞開衣襟，給每一位渴想的男人以熱情的滋潤……

娜娜在哪裡？

這一刻，他從夢境中醒過來。剛才在夢裡，他仰天躺在石頭上，娜娜給他的吻，無比強烈地觸動他……

許多年後，在國王運河的閣樓上，那一晚城牆下的歌聲繼續跟隨他。揆一大腿抽搐著，夢囈中呼喊娜娜的名字，這個甜蜜的名字連起他對島嶼的牽憶，他益發想念那段精力旺盛的時光。

第四章　說法（之一）

出獄後是兩年的觀護期，可以自由行動，只需要按時到法院報到。

當時，律師說服他的理由不能說是錯的，協商認罪畢竟換來了自由。捱過一年零一天，他可以開車、可以出門，去到所有他想要去的地方。

問題反而是時間，那麼多無事可做的時間。他不習慣閒下來，閒對於他，其實是最大的懲罰。

這些年在國務院裡上班，他每天都是辦公室裡最早上班最晚離開的那一個。一早出門，他喜歡第一個坐進辦公室的感覺。走廊裡沒有人蹤，整天的躁亂尚未開展，一個小時後，辦公室的電話才會響起。

寶貴的一小時，他總是趁這段時間吸收新知，翻閱最新的外電資料，包括外電中對美國政策的評論。

早上那靜謐的時間，他把當天的新聞理出頭緒，對自己業務範圍內發生的事做即時的判斷。等到腳步聲在他辦公室門口停住，敲敲門，他抬起頭，祕書提醒他今天的行程。

老習慣跟著他。即使到今天，坐在自己家裡，他還是一早面對電腦，點閱幾份報紙，接著翻查一些相關資料。

譬如前一陣，他想的是，如果沒有離開國務院，那件事應該屬於他的業務範圍。當時溫家寶到澳洲訪問，對澳洲國會聯席會議發表演說，消息中溫家寶說道：「早在一四二〇年代，中國的船隻就已經抵達澳洲海岸。」讀到這則消息的幾小時內，他已經找出一些相關原由。他煞有其事地在筆記上寫下，溫家寶在澳洲特別提起一四二〇，那一年其實指涉著歷史。如果還在國務院辦公室裡，他為高層準備的摘要上將會標明重點，順便把那段歷史理出頭緒。他的專業判斷是，溫家寶這麼說，沒直接說出的意思比明白說出的更耐人尋味。他將會在摘要裡標注，一四二〇那一年，隱指的是中國明朝的航海家鄭和。演說詞中提起那一年，是隱喻中國對外界只有善意，沒有征服與獲利的意圖。當年，鄭和到澳洲目的單純，就是宣揚大國國威，因此也表示目前中國處理跟亞洲各國關係，可以很柔性很和平。

這一刻，他認真摘記溫家寶的演講，好像仍然坐在辦公室裡，正為高層準備相關資料。誤以為等一下自己要坐進簡報室？以為有人正等著讀他的分析報告？他不厭其詳寫著，中文有個成語「字裡行間」，英文也有類似的說法，read between the lines，我們聽中國人說什麼總要想深一層，他用橫槓加注，這裡，溫家寶說的是「朝貢關係」，未來，在中國界定下，與其他鄰國的關係，將是「朝貢關係」的延續。

他很自信，相信自己提供的幕僚作業絕對專業。他還會在這頁報告最後點出來，注意這「朝貢關係」裡潛藏的問題。其中，隱含了種族優越感，中國對待鄰近小國，延續幾千年的歷史，存著上對下的階層觀念。換句話說，中國認定本身是個文明上國，周圍國家一定會近悅遠來。他預期這將是中國與周邊國家相處的模式，他用紅色簽字筆加注道，未來值得持續觀察，這「朝貢關係」中的不平等，有一天，或許將導致中國與鄰近地區的衝突。

＊

以為還在國務院的辦公室裡？他隨時關注東亞地區的最新狀況。盯著家裡的電腦螢幕，提及台灣的資料高達千筆，他選重要的從網站抓下來。他挪動滑鼠，幾則軍售消息提到台灣。

F16 C/D 型戰機的軍售案又發生變化，美國只答應賣給台灣性能差別很大的 A/B 型號，看來在中國壓力下，美國可以輕易改變主意。

他放下咖啡杯，嘆一口氣。

在他的認知中，根據《台灣關係法》，當台灣面臨威脅，美國本應該出手相助，換句話說，台灣本應該無條件從美國取得有助於自衛的武器。但最近，國務院卻重申，同時由幾個管道鄭重表示，美國不負責台灣的安危，不要把《台灣關係法》看作一張空白支票。

賣不賣武器？賣給台灣怎麼樣的武器？他非常清楚，軍購議題始終是美中關係的拉鋸點。華盛頓在壓力下，漸漸順從北京，違反了原來對台灣的承諾。二〇〇五年以前，那時候他還沒有出事，這態勢已經非常明顯。而諷刺的是，美國為振興國內軍火工業，卻又逼台灣出錢買單，抱回去一些過時的軍備。他記得，當時為壓迫台灣買這批淘汰的武器，國防部資深官員向台灣喊話：「我們不會保護台灣，如果台灣方面不先保護自己。」另一方面，對台灣期望買到手的新型武器，美國卻百般限制。就在他上法庭跟「聯邦調查局」周旋的那段時日，美國對台灣的採購清單把關愈趨嚴峻，這也不賣那也不賣，一堆不合理的限制。

他喝一口咖啡繼續想，很明顯的是台灣愈來愈無足輕重，美國愈來愈不把台灣當成戰略夥伴。他回想自己出事之前，還在國務院上班的時候，美國與中國有利益衝突，台灣還算魔術師帽子裡的一隻兔子，談判的時候，美國總會把台灣議題拿出來亮一亮，警告一下北京，逼對方讓步。但是近來，譬如說人民幣的匯率成為焦點，台灣問題已經不是美國願意使用的槓桿。

一來，美國國債高築，債主國中國日益強勢，實力此消彼長，美國很難以台灣來抗衡；再來，台灣在地緣政治上的重要性愈形下降，連談判的籌碼都算不上。他皺著眉頭想下去，有一天，來自中國的壓力過大，美國不是沒有可能乾脆放棄台灣。換句話說，在這三角關係中，為了討好中國，美國在現實考慮下，並不介意犧牲一個老朋友。

或者是他自己黯淡的心情，看在他眼裡，一切都跟實力的消長有關。他明白，國際關係裡，所有的交易都一樣現實，背後的總體國力，才是對外關係的後盾。

*

重新斟上咖啡，從冰箱端出吃剩的兩根香腸，他聽見電視新聞裡柯林頓的名字。他一時沒聽清楚，不清楚新聞裡提到的是柯林頓的心臟支架，還是柯林頓飛到中東，以前總統的身分，繼續在國際政治圈攪和？叉子停在盤子裡的香腸上，他突然想著柯林頓與緋聞案的女主角洛雯斯基。

香腸放進嘴裡，他突然想笑，接著自顧自笑出聲。放下叉子，他笑得幾乎嗆住。他記起當時在審訊中，挪用過柯林頓在電視上為自己辯護的話：「我從來沒有要任何人說謊，一次也沒有。」他差點也用了柯林頓的下一句：「這些控訴全不屬實，我需要趕緊回去為美國人民做事。」

愈想愈覺得可笑，當時一字不差，自己照單全收，用上了柯林頓嘴裡的辯護語言。

「我需要趕緊回去替美國做事。」真虧柯林頓想得出來，多好聽的說詞，最扯的是，柯林頓還搬出字典，用「性交」一詞的定義來硬拗，說什麼口交不屬於「性交」的定義。他想著多年前的熱門新聞，後來一遍又一遍在電視重播，柯林頓公開為自己辯護的那段話。「我要你聽我說／I want you to listen to me，我還會一再地說／I'm going to say this again，我沒有，跟這位洛雯斯基小姐發生過性關係／I did not, have sexual relations with that woman, Miss Lewinsky。」柯林頓出事那年是一九九七。當時，他每天跨過波多馬克河上下班，那一陣，在車上打開收音機，都是關於這段白宮八卦的評論。下班回家，對著電視機繼續收看。

坐在餐桌前，想著那個很會狡辯的花心總統，吃完香腸，他舔光了盤子裡的馬鈴薯泥。

當年的洛雯斯基，白宮實習生，傻乎乎的未成年少女。臉上帶點嬰兒肥，無論怎麼看，都稱不上漂亮，然而，初出道的少女眼裡有一種天真，正因為天真，不知道自己無足輕重，那種天真的眼神足以融化世故的老手。

想到洛雯斯基，好像為自己找到理由，他由著自己沉入回憶。記得初見那長頭髮的東方女孩，由來自台灣的外交官帶著，在一個雞尾酒會上介紹給自己。

這臉上藏不住生澀的女孩，顯然沒參加過什麼外交圈的活動。碰到正在賣弄法文的一群人，連怎麼樣貼貼臉頰，左邊接著右邊，輕吻一下打招呼的動作都笨拙無比。

第二天，依照名片上電子郵件地址，他按下「送出」，那是給女孩的第一封信。

*

所有感情的開始都很純真。

不外乎表達關心，對來到這個城市的新人，禮貌地問候幾句。

後來在電子信上，約女孩喝一杯咖啡。

坐在咖啡店角落的一張椅子，他透露出自己願意幫忙的好意。

至於女孩，他想著，始終處在一種被動的狀態。從頭到尾，女孩不清楚這男人心裡想些什麼。

握著一些女孩很難拒絕的資料，他很確定女孩會想要知道。遇到跟自己國家有關的內幕，每位駐外人員都不會拒絕這份好意。

*

每一次，他都是先在電子信裡提個頭。

好像釣魚的老手，拋一拋，眼望著魚餌沉入水底。

明知對方一定會視為至寶的資料，先透露一點點在電子信裡。他算準女孩會急不過地約他見面。

他等在那裡，精確地計算時機，等著那隻蛾子飛進來。

後來，他聽著自己的律師在庭上說，這很明顯，明顯是台灣利用外交管道密密布線，讓當事人一時不察，掉入陷阱。

第五章　塵世的夢鄉

挨一出門時穿了夾褲、套上短靴，阿姆斯特丹的夏天結束得很快，海風颳在身上已有寒意。

站在運河邊，望著水中模糊的波光，他揉揉眼睛，記起年輕時眼光多麼敏銳，夜裡，藉著船頭一盞微弱的照明，能夠辨識出海水裡的魚汛。

他嗅著海風帶來的潮氣，遠遠望見掛著ＶＯＣ標誌的倉庫。他記得第一次進去那間大倉庫，撲鼻是異國情調的麝香……站在海風裡，挨一回想當年被公司錄取的興奮心情。

那一天，他站在公司的前院，等著宣布錄取名單。樓房前面的空地，站滿有心到遠方發展的年輕人。每一次大船出海，全歐洲敢於冒險的男子都到齊了。一顆顆安定不下來的浮躁靈魂爭著上船。有些人是因為欠下債務，跟公司借貸一筆，上船去遠方，再以日後的薪水攤還。

年輕人進來公司，就這樣賭下了一生。人們口耳相傳，這個公司惟才是用，無論以什麼工作雇用，只要努力，人人有機會揚名異域。傳說中，又有一位幸運的傢伙，原是印度洋大船上的廚子，最近越級爬升，即將接任外地商務專員。

至於揆一自己，因為來自遠洋的呼喚，他從瑞典來到阿姆斯特丹。

那時候，阿姆斯特丹是全歐洲思想最開放的城市。市民嚮往自由、充滿自信，掙脫代表舊帝國的西班牙，剛贏得一場漂亮的勝仗。別說年輕的揆一源於對阿姆斯特丹的嚮往而離開母土，以一本《沉思錄》享譽全歐洲的哲學家笛卡爾也選擇這城市作為居所。當年，笛卡爾描述阿姆斯特丹的名言是：「想要追尋各種珍奇事物，世界上還有哪裡比這裡更讓人如願？」

揆一眼裡，阿姆斯特丹的市民不炫耀門第、不注重家世，小商人靠著眼光，累積出殷實的家業。在揆一心裡，新起的市民階級代表未來世界的希望，他想，等到這股風潮席捲歐洲，有一天，他的家鄉瑞典也將瀰漫著開放的貿易風。

當時在這自由的城市裡，藝術家在畫布上表現清新的意念。在畫師手下，對象常是純樸的小人物。婦人在窗邊寫信、做針線，男人在桌前翻一卷書。平常人做日常瑣事，連傭婦也可以是藝術作品的主人翁。揆一記得第一次看見這種畫風，怎麼樣在心裡驚呼。細膩的筆觸下，主人翁眉目清楚，瓶裡的一束花也顯出濃淡不同的筆觸。衣服的花邊往上翻開，襯裡絨毛竟然立了起來。窗頂透下來一束陽光，往盆子裡注水的少女臉頰上添多些亮度……當時，他整天看也看不夠。畫家竟然在日常生活中取材，畫布上可以表現小人物平凡的心思。

揆一眼裡，這些畫跟舊有的巴洛克風格相異，表現出人人平等的價值觀。畫框中的視覺焦點不再是長著翅膀的天使、不再是平舉雙手的上帝，也不再是幽深渺遠的天國通道。揆一尤其喜歡畫中那種金色光源，籠罩在一般小市民身上。即使天使來到人間，也只是閒閒地收起翅膀，停留在一般人家低矮的房舍裡。

揆一喜歡畫裡表現的這份平實。在阿姆斯特丹，新教的教堂內少了精細的雕琢，聚會時也不注重繁複的儀式，小市民都有這樣的自信：毋須經過神職人員的認可，只要本身勤懇工作，自己就確定是上帝的忠僕。

*

在阿姆斯特丹被公司錄取，受訓後，揆一搭上公司的船，離開歐陸，派去巴達維亞的亞洲分部任職。

從阿姆斯特丹出港，船上九個月的時間，揆一幫著推帆、收索、轉桅，他是船上最勤快的新進水手。

那艘遠洋船上，他在甲板上累了一整天，到晚上還是興奮得難以入眠。揆一記得自己在船上的心情，月色下，星辰隨桅杆上下搖曳，黎明前星辰垂落到地平線的高度。接著等待日出，泛霞光的大海上，他對遠方懷著熱切的盼望。

繞過好望角之後，海面平靜了，海水變得透明輕薄，陽光下透出琥珀顏色。沿著印度洋一路往東，地平線上出現綠蔭蔭的大小島嶼，凹處藏著一塊塊鋪滿白沙的海灘，熱帶的風裡，他驚異於地球這一半不一樣的景物。

到了巴達維亞，揆一處處感覺新鮮。在城裡四處走動，最讓他興奮的卻是城裡的熱帶風情。房屋牆面刷成粉白，地下鋪石板，街道兩旁是濃密的綠樹，以公司建築為中心，房屋排成整齊的長列。

港區最醒目的建築是一棟棟倉庫，掛著公司標誌，港口停泊公司的船隻，幾十艘排成一行，羅列在岸邊。微風裡飄送一陣陣香料的氣息。倉庫裡存放象牙、絲綢、茶葉等貨物，有的從福爾摩沙運來此地，其中包括中國沿海出產的瓷器，有一日將行銷歐洲，為公司賺進財富。轉口貿易之外，木材、香料，還有在爪哇島盛產的咖啡，都屬於巴達維亞分部的業務範圍。

那時候，正是「荷屬東印度公司」的全盛時期。公司把地球一切兩半，巴達維亞分部是亞洲的權力中心。派駐亞洲各殖民地的行政長官，定期向巴達維亞呈遞報告，聽命評議會的指令辦事。跟揆一資歷相似的這班年輕書記，把各地的報告謄錄成冊，附上評議會的指示內容，有一日運回阿姆斯特丹，在公司總部裡編列典藏。

炎陽下，揆一負責送取文件。有時候，站在公司高層的宅第門口，他停下來喘口氣。綠蔭裡一串一串碎花，恰似搖曳的點點涼意。大門由上好的硬木製成，望著頂端鏤空的門板，揆一想著裡面的地磚沁涼如水，僕從正為臥榻上的主人搖晃大片蕉扇。門裡門外，對一位企圖往上爬的年輕書記，像是前程成就與否的分界。

揆一很快發現，在巴達維亞，中國城有各種食肆，幾條街充滿熱烘烘的人氣。與漢人接觸中，人們告訴他從唐山來到這裡的航程。漢人乘坐平底小帆船，從福建出發，穿過南中國海，遇上海盜是常有的事。長時間與風浪搏鬥，艙裡狹窄擁擠，還有各種疫病。揆一常常思忖，比起來，歐洲人搭的是配有火砲的公司大船，許多水手仍然吃不了苦，抵達巴達維亞之前就病倒了，而漢人只要踏上巴達維亞，第二天開始上工。早些年住下來的在中國城裡開了店，後到巴達維亞的漢人，在店裡找份工作，不多久就有積蓄。

那幾年間，漢人的勤儉習性讓揆一留下深刻的印象。

回想起來，在巴達維亞的小酒館裡，揆一對那位傳奇人物一官曾經留下深刻的印象。

當時一官帶著一干手下，豪氣地在賭桌上坐莊，揆一跟著公司同事在桌面下注。有人拋出一袋白銀，對一官說，賭一賭你的前程吧，一面是明、一面是清，你會在哪一個朝廷榮華富貴？又會死在哪一個主子手裡？一官壞笑著立刻回嘴，這地球分成兩半，看你們這些歐洲人在哪一半榮華富貴？又會倒斃在哪一半的泥巴堆裡？

公司同事低聲告訴揆一，一官早些年替公司當過通譯，此時已是南中國海上的一方霸主。

桌上，有人再添加籌碼，笑著說：「一官，忘記帝王將相那一套，看看海水帶來的機會，你跟我們，是兄弟啊！」

一官閃著眸子裡的精光，回嘴道：「誰跟誰是兄弟？在福爾摩沙，你們強占的地方，漢人只是幫你們採蜜的蜂種！」

揆一記得這生動的比喻。當時，一官提起福爾摩沙那個島，似乎充滿不一樣的感情。只可惜，揆一那時候在牌桌上還是一片懵懂，無以預知自己與一官父子的命運將縱橫交叉，也無以預知爾後派駐島上，自己將處理族群間的各種衝突。

那段時間揆一注意到，公司善用籠絡的方法與漢人保持關係，對在巴達維亞成功的漢人，公司賜他們「甲必丹」的頭銜，同時以其他的統治手段，讓馬來人、暹羅人、印度人與漢人彼此牽制。

＊

揆一在巴達維亞升為高級商務，不久派駐日本。

再次升遷，派到福爾摩沙。

島上人手嚴重不足，總有處理不完的公務。揆一是負責的人，工作之餘，他撥時間學習西拉雅語。

再度爬升，揆一出任長官副手。碰上郭懷一事件，當時行政長官費爾勃格主張強力鎮壓，揆一與長官意見不合，調到日本出島回任商館館長。

費爾勃格離職，揆一才再被派回台灣。西元一六五七，揆一升任福爾摩沙的行政長官。

在行政長官任內，揆一期待可以施展抱負。白天忙不完，他一個人留下來加班，直到曙光初露才離開辦公室。

睏累了一夜，下台階時，揆一總會眺望晨曦裡的大員市鎮。他是認真的個性，知道這裡的學校、市場、教堂、劇院……都亟需擴建。他上任後加緊催促公司，幾項工程總算陸續動工。最近，他勻出稅款，在漁港旁邊新建一處歐洲人的墓園，從此，客死異鄉的在這裡總算有了歸宿。

對歷任行政長官，種族間的衝突都是棘手的難題。揆一深知公司的規定不甚合理，處處偏袒歐洲人的權益，但身為行政長官，他又必須執行政策。問題很細瑣，舉例來說，本地人患病，嚴禁進入城堡內的醫病所。他向本地居民一再解釋，醫療資源不夠分配，診病的場所不足，本地人還有中醫與草藥，歐洲人若是水土不服，遇上瘟疫流行，等不到城堡裡的醫生，就沒有第二條活路。

有的規定甚至牽涉到看護人員的守則。舉例來說，病人都是離鄉的歐洲人，醫病所的看護多是本地人。病人垂危之際，若沒有親屬接受遺產，對身邊的看護常會大方餽贈。政策卻已經寫入法令，嚴禁本地人收受歐洲人的贈予，嚴禁醫護人員從往生者手裡取得任何遺產。法令很嚴苛，連幫忙錄下這類遺囑的人亦連帶受罰。這一類法令試圖鞏固歐洲人的統治地位，防止公司人員與本地人緊密接觸。然而，在施行上卻很容易造成反感，揆一花了很大心力化解本地人對歐洲人的不滿。

那些年間，揆一經常要平撫本地人的情緒。棘手的包括處理殉情事件。每一次，揆一面對痛哭的家屬，就會想著這些歐洲男人是怎麼了？幾樁本地少女尋死的案件，怎麼都牽扯到金頭髮的負心男人？

當時，揆一在給巴達維亞的報告上反覆陳述，公司治理這地方，要提升居民的福祉，要顧及居民的平等地位……

多少次，他在報告中指出：「本地人與移民來的漢人應該有同等的機會，分享我們帶來的資源。」揆一心裡想的是，若碰上歷史時機，地球這一半的大員與地球那一半的阿姆斯特丹就有了同樣的好運氣。他在呈給評議會的報告上熱切地寫道，不久以前，阿姆斯特丹的居民以捕鯡魚為生，只是個河口聚落，就地理條件來說，大員與阿姆斯特丹並沒有太大的差異，河流在每年夏天氾濫，遇雨就會沖大水。若說港口淤積的情況，阿姆斯特丹與大員也很類似。

他想著大員附近，先建堤防，再修水道，徹底解決港口淤積的問題。重要的是在山區築擋水的大壩。水患解除之後，他想著以大員為中心，開鑿交錯的運河……小聚落成為採買中心，接著成為貿易的商埠。他多想要為福爾摩沙描繪一幅未來的遠景。

揆一想著阿姆斯特丹是好例子，足以感召渡海來的漢人移民。福爾摩沙的前景，正是經由大洋連接外面的世界！

這一刻，阿姆斯特丹的小樓上，揆一在月色裡回顧，當年在福爾摩沙，明明是沙洲上的城堡，竟以為在打造萬世的基業？

第六章　青春（之一）

警笛劃破安靜的住宅區，一輛警車疾馳過附近巷道。

燈刺目地閃，從窗玻璃外照射進來。他揉揉眼睛，從電腦前抬起頭，記起那間密閉的房間。

「把你本身的利益，置於你的國家之上？」當時，坐在那房間裡，對著螢光幕回答問題。

「是」或者「否」？機構要求他測謊。問題一個接一個，從瞬間的生理反應，測知潛意識想要躲閃什麼。

其實，他怎麼會不清楚？從進入國務院任職的第一日就非常清楚，涉外人員有許多守則，與外人接觸必須謹守分寸。與他國的官員見面，見面目的很單純，就是保持聯絡，確定訊息傳達的管道繼續暢通。

「是」或者「否」？打圈圈或者打叉叉？

什麼時候開始，身為參與美國外交政策的政府官員，他在跨越那道無形的界線？

*

對著電腦，這些年裡，有沒有任何藏匿的行蹤？

很容易就清查出來，他有一段青春時光在台灣度過。

一九六八年，研究所畢業不久，從美國飛台北，來到史丹福中心學語言。那時候，踏一輛自行車，騎過溫州街，騎過龍泉街，騎過羅斯福路……經過田埂，沿著一條小溪，小溪曾是「瑠公圳」灌溉水道的支線，底下的堀川水緩緩流動。

他按年分一一填寫，畢業後幾年時間，其中，有一年回到美國，在國務院東亞科任職，不久又被派回到台北的大使館。

機艙藏著一個黑盒子，一朝出事，故障前的飛行紀錄都要拿出來仔細檢驗。

*

他按年代開始回想。

七〇年代末期，從台灣回到美國，他在國務院上下班。下班時分，手扶駕駛盤，對著北美大陸一輪圓滾滾的落日，他想到遠方島上常綠的樹，火一樣耀眼的鳳凰木，還有山坡地上細而高的檳榔樹。

從華盛頓過橋到住家的維吉尼亞，波多馬克河的光影裡，他回想島上彎曲的基隆河，中山橋底下，他常走過綠蔭蔭的中山北路。中山北路上有家中央酒店，常有菲律賓歌手駐唱。就在那間中央酒店，他第一次滑向舞池。

在台灣，是他生平第一次，在舞池裡握起陌生女性的手。那時候，他常請那班大學生吃西餐。

後來，女學生主動約他出來喝咖啡。幾天後，那位女學生又介紹朋友給他認識。不多久，他從那朋友手裡接過一卷錄音帶，心情緊張得像是做間諜。

他本來就知道，那班大學生朋友不乏政治上的活躍分子。那段時間，台灣的黨外運動正開始蓬勃。當時台灣是戒嚴時期，黨外活動不能公開，需要外國人幫忙傳遞消息。

一九七七年春天，任期未滿，他被調離台灣。他只能夠暗自猜疑，調職與他做過的事有點關連。

＊

自己的機關到底知道什麼？

他猜，每位國務院駐外人員，都有厚厚一疊人事檔案。裡面有一大堆本人不知道它存在的紀錄。

幾年的時間，他幫忙傳遞了幾次消息。

黨外的朋友只要開口，他總是儘量幫忙。或者因為他到過衝突的現場。抗議的場合有一種肅殺，尤其到夜晚，瀰漫著不祥的氣息。當時他也親眼目睹，棍子在頭上敲，集會的學生被催淚彈驅趕，不肯離開的手牽手坐在地下。清場的時刻，抗議人士被抬死豬一樣拖離現場。

那是騷亂的年代。比起隨時會爆發衝突的示威現場，他告訴自己，本身冒的這一點險其實不算什麼。但有時候他也會緊張，他由外交人員通道進出台灣，經過海關還是揣著一顆心。

當時他安慰自己，自己的機關即使知悉，或許也會默許。美國希望台灣加速民主化，對他義助黨外人士的舉動，或許會睜一隻眼閉一隻眼。

萬一在海關被當場查獲，他提醒自己要立即表明，跟國務院無關，純屬他的個人意願。

*

回到美國，他常在心念裡想起台灣。

同事在辦公室附近的中餐館聚餐，一群用叉子的美國人中間，只有他，舉起筷子夾菜。

對著一大盤又甜又酸的咕咾肉，他放下筷子，想念起台灣的吃食。無論中山北路地下道的燒酒螺、路邊攤浮著蚵仔的麵線，或者師大附近的平價牛肉湯，他都非常喜歡。在台灣那幾年，他習慣了重口味。他想著，或者是台灣燥熱的氣候，口味產生變化，居然愛上了醬油膏倒在墨魚上的奇異滋味。

坐進華盛頓市中心的中國餐館，拿起印著宮保雞、芥蘭牛的餐牌，他意識到自己跟周圍的美國客人很不一樣。紅通通掛著幾盞宮燈的餐館裡，他看遍菜單，找不到想吃的，他清晰覺得舌尖上的失望。

當年在台中夜市，坐在板凳上，他最喜歡那種冰塊與紅豆綠豆攪在一起的蜜豆冰。

當時是越戰後期，他常去中台灣出差。美軍有個聯隊在清泉崗，執行 B-52 的轟炸任務。接近機場時，聽頭頂上那轟隆的聲音，聽著配有聲納的最新型反潛機正頻繁起落，他心裡生出一種模糊的驕傲。

那時候他多麼年輕，往往跟著情境就亢奮起來。在台北他偶爾作東，請幾個黨外朋友到明星咖啡館吃西餐，朋友入座，小心地看看鄰座有沒有情治人員。朋友告訴他家裡的話筒常有雜音，出門也會被跟蹤，那餐飯，彷彿感染到煙硝的氣氛，他也緊張到手心出汗。

多年後想起來，在台灣的幾年，彷彿像在經歷自己遲來的青春騷動？他出身美國中西部小鎮，即使是狂飆的六〇年代，他身上都沒有出現叛逆的舉止。在台灣那段時間幫忙傳遞訊息，算是他這一生最勇敢的行徑。

回到國務院裡，後來他聽說斷交在即。大使館最後一波人員就要撤離台北，島上的美軍基地也即將成為過去。他聽著收音機裡播送「門戶合唱團」的歌曲〈夏日就要結束〉，歌手一句句「summer almost gone」，聽著，突然有異樣的心驚。

當時國務院的重點移轉到了中國，只有他，繼續注意來自島內的消息。一九七九年底，「美麗島事件」之後，一場軍法審判，有人被判刑，另幾個人正在絕食抗議。他在新聞中讀到，當年找他幫忙的那朋友成了聚眾作亂的從犯，判八年徒刑。

一九七八年十二月，卡特總統宣布美台斷交。他在國務院裡第一時間知道消息。

一九七九年一月一日，美國與中國正式建立邦交。

第七章　文明的盡頭

隔著運河，飄過來一陣鹹鹹的海風，揆一停下筆，吸吸鼻子，憶起大員碼頭的光景。

碼頭堆著胡椒與肉桂，船上卸下來的香料帶著新鮮的刺嗆；準備裝艙的鹿皮，沿著繩梯往船上搬，嗅進鼻子裡，一股股羶腥的氣味。

揆一想起福爾摩沙島上成群的奔鹿，翠綠色羽毛的水鴨在河裡戲水。河邊尖長嘴巴的鸛鳥，翅膀上披著彩虹的七彩。正午陽光熾亮，照在說不出名字的花朵上，花心透出炫目的紅豔。闊葉植物恣意攀爬，在葉子頂端伸出一枝壯碩的雌蕊，果實熟得飽滿多汁，隨時溢出香氣，碰一碰像要爆裂開來……

跟燠熱的天氣有關？在揆一記憶裡，那裡的青壯男人特別躁動不安。

他記得大員街市的菜攤收市後，肉鋪的砧板上沾著鮮血，旁邊的柵籠，飄散著動物發情的氣味。黃昏開始，菜市成了人肉市場。離家的漢子有盛旺的身體需要，偏偏這裡的女眷不成比例。忽明忽滅的燭光下，笑聲愈來愈惹火。女人索性伸出手臂，放膽勾搭著，浪遊的男人回應這樣的挑逗，扯下自己的褲子，顯露身上的雄性本能。

回想在島上經驗到的強烈悸動，是那陣暴雨？還是燠熱的氣候讓自己忘形？揆一記得第一次遇見娜娜，望著裸露的乳房，自己那失態的瞬間反應。那時候，心狂跳著，他是有身分的行政長官，才在雨水裡生死一髮，姑婆芋的大葉子底下，竟然生出令人臉紅的欲望。

望著娜娜，雙眼是潭水的黝黑，棕色皮膚發出誘人的光亮，一顆顆渾圓的水珠，從壯健的大腿滴落下來。娜娜帶領他，引著他的手往前探索，後來，他扳過娜娜的身子，引來娜娜一聲聲歡暢的呼喊。

在福爾摩沙，西元一六五九年夏天，一條河的河岸，多麼奇妙的一次邂逅！毋須語言、毋須饒舌的句子，一個男人與一個女人，憑著直覺的牽引，跨越了文明的禁忌。

捧著娜娜的臉，他印證的竟是更早以前，在冰雪覆蓋的斯德哥爾摩，躲在燒壁爐的閣樓上，曾經沉迷於一本舊書的插畫。那本書敘述遠方的探險，插畫上是熱帶島嶼的情景。他記得瀑布、大片的綠，以及當地女人的形影。書頁上那個女人，幾片樹葉遮著胸前，頭髮長長地垂在腰際，耳邊綴著一朵大紅花。翻書的時候，他還是個少年，卻覺得心中不可言說的燥熱。莫非，他已預感到未來擄獲自己的力量？

或者這是每個文明人的夢想？閉起眼睛，褪下累贅的外衣，不由人推拒，鼻腔裡一陣甜膩的氣息，已經沉陷進女人的雙乳之間。

他抬起頭，一朵泛紅的雲彩，正從娜娜臉上升起。

接下去的反應從未有的激烈。

後來，他一隻腳屈起，跪在地下。張開手指，抱住娜娜的腰身，臉貼著女人的股溝，緊貼那處黏溼的褶縫。他把舌頭伸進去，感覺到福爾摩沙的河水、感覺到溫度，凹陷處一股藻類的腥澀，那一瞬，他感覺到河水的波動。

那趟出行回來，他在給巴達維亞的報告中熱切地寫著，這裡的男人腳步勇健，平日的武器只是刀、石塊、弓箭與彈弓，不必靠身上的鐵甲與頭盔，比起我們的人，他們是更勇猛的戰士。

「徒手打起來，我們的士兵不是他們的對手。」他在報告裡寫著，我們的人若不是仰靠火藥優勢，對陣中一定敗下陣來。

「住得很簡單，茅草搭在屋頂上，就是遮雨的居所……這裡的女人不戴珠寶，頭上用綠葉編成一個環，有的把頭髮鬆鬆地垂在身後，女人身上包一塊花布，不用繁複花邊，不用飄著絲帶的昂貴帽子，不必把身體裹在層層疊疊的衣裙裡，就已經健美婀娜……」他寫給公司的報告上，夾帶了自己不勝嚮往的心思。

*

坐在窗前，望著漂蕩在運河裡的海鳥羽毛，揆一遙想著當年總在報告中爭取經費，為了加速島上的建設。

跟某些偽善的傢伙不同，我畢竟是關心那個島嶼的，他跟自己說。

他在呈給巴達維亞的報告上寫著，這裡的人民生性樸實，但我們不能因此疏忽了他們的基本需要。提供乾淨的飲水，有賴充足的水源，這些都是我們統治者的責任。卑職規畫中，島上的醫病設施需要擴充，學校應該增加人手，海邊的臨時倉庫在雨季來臨之前亟待翻修，每一項都需要投入資源……

當時，揆一總在報告中要求增加預算。

他詳列支出的細項，解釋巴達維亞所質疑的每個數目。他在數字之間加注：島上的移民愈來愈多，教育設施不夠分配，卑職建議另開一所女子學校，所需費用，可否由本地稅收先行支出……

也怪他文字不夠迂曲，處處戳到公司的痛處。當年，他多次直言施政方向的錯誤。他在報告中寫著：「據卑職觀察，公司在島上經營多年，卻一貫忽視住民的需要。獲利了結的心態下，與當地人的接觸只為了賺錢，我們的人把福爾摩沙看成銀貨變現的地方……」

嘆一口氣，揆一想著那些年，只要歲收不足，公司的利潤有任何短差，巴達維亞評議會就把責任推給在地長官。或許也是駐外的位子，勢必與巴達維亞產生衝突。他想著自從公司占下福爾摩沙，就不停地更換長官人選。總督的位子彷彿受到詛咒，接二連三地遭逢厄運。第一任宋克，在任上視察時跌了一跤，栽進福爾摩沙的水域。揆一苦笑著想，還有哪一種方式更為鞠躬盡瘁？第三任的納茲，碰上濱田彌兵衛事件，被擄到日本九州，在異鄉坐監四年，回到巴達維亞卻繼續接受審判，審判時還節外生枝，遭受女色的指控。還有第六任特羅德尼斯，一件小事違反了巴達維亞的禁令，評議會就此誣陷他，說他上繳的黃金攙了假貨。到後來，特羅德尼斯是帶著恥辱去世的。

揆一抹去眼角上一團眼屎，想著前任的諸般厄運之中，尤數公司的處理方式最讓人寒心。那些年，駐外人員都非常清楚，任上的治績可有可無，關鍵在於與公司高層的親疏遠近。譬如，第四任的蒲特曼斯是走運的例子。先是颶風從天而降，吹散了準備發動奇襲的西班牙艦隊，讓蒲特曼斯逃過一劫。後來在金門島遭遇一官，蒲特曼斯雖有公司的全力支持，獲得充分的補給，卻被一官的火攻戰術徹底打敗。只因為是自己人，公司對蒲特曼斯網開一面……

對著信紙，揆一沉入往日的恩怨，他一路往下寫：「殿下，卑職所不能苟同的，這位長官的鐵腕統治尤其惹人怨恨。蒲特曼斯在島上動輒大舉殺人，麻豆社一場血腥鎮壓，留下難以磨滅的創痛，族人對我們的人欠缺信任，到後來，與國姓爺對峙中，族人很快見風轉舵，倒向敵人一邊。」

鵝毛筆蘸著墨水，揆一又說回自己的委屈：「卑職上任後，要撫平蒲特曼斯八年長官任內的傷痕，還要扛起前任留下的爛包袱。這位前任，就是對卑職落井下石的費爾勃格。處理費爾勃格任內的遺禍，就此與他種下仇冤。」

擦擦眼眶，揆一這封信的結尾寫道：「殿下，卑職時常悼念死在任上的長官，第一任宋克以及第五任柏爾格，他們可都是帶著遺恨長眠島上。城堡下埋了兩位殉職的長官英靈，殿下，難怪當年熱蘭遮的夜晚並不安寧……」

第八章　青春（之二）

兩個人碰在一起，究竟有多少種相愛的方式？

女人以山貓一般的矯健，勾起男人最原始的獵人本能，算不算其中一種？

男人曲意討好一個女人，隨時想著自己應該要做點什麼，包括幫她創造一些業績，譬如在文件上紅筆加圈，把需要注意的重點整理出來，像是發情的雄性動物，把獵物殷勤地銜到母獸前面，也是一種示愛的方式？

我們自認為懂得愛情嗎？

誰能夠替別人決定，以上所說的，不是情愛的一種可能？

＊

對一個島嶼寄託同情，所謂的移情；或者，本身的青春記憶與對一個女人的感情二者合一的狀態（就這樣回返歲月一般，找回自己最純潔的感情），也屬於愛情的一種形式？

人們總是自認為懂得愛情，以為一旦找出抽象的規律，就可以過濾出一些愛的真諦。

許多時候，人們對於愛情其實所知有限。

*

他自問，如果女孩不是來自台灣，他會不會愛上她？

如果不是因為自己年輕時在島上遇到的那些事，會不會一眼就喜歡上那台灣女孩？

他反覆問自己這些問題，問了一千遍之後，他承認自己對愛情一無所知。

在愛情面前，原來，所有的自問自答都非常愚蠢，提出的都是無意義的問題。

＊

靠著他的肩膀，女孩曾經跟他講過一個童話故事。

故事裡，迫降在沙漠裡的飛行員，碰到一個小人兒，小人兒跟飛行員說了許多事情，包括從狐狸那裡學來的什麼是愛情。狐狸告訴那小人兒，每個人心裡都有一朵玫瑰花，花兒放在心中，一切都不一樣了。原本沒什麼意義的東西，因為寄託了愛情，包括早年的經驗，竟也前後連貫起來，顯出生命純真的追求……他聽得很糊塗，女孩在說些什麼？

「它那麼小、那麼沒有抵禦能力……」女孩喃喃說著那朵小花。

小小的、一點不起眼，甚至有點自以為是，只有四根沒有用的棘刺，就以為可以抵禦世間的傷害……那是小人兒心裡那朵玫瑰花……

那麼小、那麼沒有抵禦能力……聽著女孩說故事，他欣慰自己是女孩可以倚靠的臂膀。

＊

對那朵花有責任，就因為陷入愛情的人以為，那是全心依靠自己的一朵花。

從一個隱喻開始，加上一重重的想像，添衣服一樣，在對方身上加上……對自己有特殊意義的想像。

對他，或許這就是愛情的真諦：碰到那女孩，開始有異樣的感覺，接下去，堆積木一樣，在對方身上搭蓋起隱喻的城堡。

*

「你不了解我。」她說。

過一陣她又喃喃地說：「其實，你也不太認識我。」

他捏捏女孩的面頰，想說又說不出來的是，在他心裡，愛情不是這樣被定義的。

對他，愛情很複雜也很簡單，就是甘願付出、付出一份連自己也被感動到的情操。

包括同情、包括體恤，甚至包括憐憫……在他心裡，若沒有強者的自許，男人對女人的感情是難以想像的。
對他而言，沒有強弱的對位，就沒有值得全心投入的那份愛。

第九章　島嶼的經營

濛濛的晨光中，轉過身子，揆一的肩膀一陣痠痛。

一隻手靠在臥榻上，撫著風溼的肩膀，揆一記得自己剛到福爾摩沙，跟蘇珊娜寫信，提到自己突發的痛症。那時節關節鼓脹，身上一處處不明的紅腫。下一封給妻子的信寫道，高燒退去後，痛楚驟減，精神恢復大半，亟待投入島上的甘蔗採收……面對月色下的運河，他想著那時候，蘇珊娜已經罹病，卻體貼地怕影響他工作，瞞著他不讓他知道。亡妻生前，沒有見到最後一面，留給他日後無限的憾恨。

自從到福爾摩沙，他全力放在島上的業務。寄往阿姆斯特丹的家書上寫著，「這裡，一季比一季看到更大面積的農作。夜晚躺下，聽得見甘蔗葉在風裡發出嘶嘶的聲音。甘蔗收穫量大幅增加，將是島上展開建設的資本。」

想到島嶼經營順手的年頭，拿著鵝毛筆，揆一枯水似的眼睛裡突然放出亮光：「稻米、蔗糖等作物在碼頭上堆得山高。轉口貿易獲利尤豐，從福爾摩沙到日本一地，每年載運總值高達兩百多萬荷蘭盾。有些貨物在台灣包裝，打上公司的商標，到日本脫手，換回日本的白銀與銅。白銀存放台灣一陣，運到中國，購買絲織品與茶葉瓷器等等，再運到歐洲市場。碼頭上裝卸各地珍奇，單單瓷器就超過二十萬件……

「殿下，那時候，公司是以福爾摩沙為支點，連起一張全球貿易網。」

停下筆的空隙，揆一想著公司倉庫裡存了成捆的獸皮、堆著取用不完的鹿肉魚乾，他蘸著墨水接下去：「在最好的年頭，稻米田高達五千公頃，蔗田有一千五百多公頃……」揆一想著島上還有許多探勘未及的區域，「只是人力不足，沼澤地與山坡地亟待開發。」

時光回到從前，多少該做的事項還沒有做？「本地缺勞動力，渡海來的漢人恰好擅長耕作，當時，卑職向公司提出的建議是，每位壯丁發給三銀兩現錢，移民之初，幫助安家，每三口之家再加發一隻水牛。如此不只招募漢人男子，更獎勵全家一起移民。採收季節時，男人砍甘蔗稈，女眷可以補充勞動力，家裡的孩子就做剝甘蔗葉的雜務。

「卑職也建議公司，由政策調節生產。這一年在福爾摩沙準備收購甘蔗，蔗農就享受免稅的待遇。目標若是鼓勵種稻，公司可以彈性規定，稻農免繳十分之一的收成給公司。在全盛時期，福爾摩沙的稻米曾經外銷波斯、日本……」

他停下筆，想著每年年尾的報告他都重述，依卑職的見解，鼓勵漢人移民渡海，將保證島上年年豐收。

那年是西元一六五八，西方人仰慕中國，多是欽羨文明上國精緻的瓷器、典雅的士子以及中土成熟的文官制度；揆一卻以超前的眼光，目注福爾摩沙的豐富資產，以及這個島在航海圖上的關鍵位置。他在報告中寫著，中國沿海的門戶或開或關，充滿不確定的因素，對公司來說，福爾摩沙卻是可以放手經營的領地！

多少年過去了，此刻，對著窗外的運河，揆一的心念徘徊在從前，他在寫給奧倫治親王的這封信裡繼續陳述：「至於海上貿易這一環，公司應該扶植華商、借重漢人原有的貿易網，特別是重用像當年一官那樣的漢人通譯，通譯們多年幫公司做事，對公司的指令配合無間，不必動之以情，也可以動之以利，讓他們加入公司的貿易運作，可以找出互利的方式。如此錢貨立即通暢……」

揆一嘆了口氣，握住筆，他悵悵地在信紙上寫道：「……可嘆公司在疑懼心理之下，不知善用軟性的結盟力量，處處防堵漢人商賈。當時，大員的商家出一批貨，經過公司層層作業，要等一兩年的時間才拿到現錢。公司拒絕中國紋銀做流通貨幣，當年造成錢貨的窒礙。」「在早年，與華商的貿易網互相配合，曾是公司收益最穩定的時代。」

再一抬頭，望著窗外運河裡的渡船，了悟到眼前已經人事全非，從流放的島上回到阿姆斯特丹，福爾摩沙早已經是錯過的機會。

這天黃昏，沉埋在傷懷的往事裡，揆一放下筆，嘆道：「此生我再也不寫信了。」事實上，他早已一次次違背不再寫信的誓言，而存貯在抽屜裡的紙筆與墨水，足夠他一路寫到生命的盡頭。

第十章　說法（之二）

問題是，身為這一行的老手，怎麼這麼大意？這麼無知？這麼輕率地踏入險境？

許多時候，他可以猜到，國務院的同事在他背後怎麼說他。

說完了譁笑一陣，笑他不小心掉進了粉紅色陷阱。

這個老傢伙惑於美色，他猜想同事們一定這樣說。提防東方美女，提防吊梢眼的漂亮特工，早就是辦公室裡互相提醒的戒律。

*

夠交情的老同事還是會幫他說話。

那時候才交保，回來國務院辦理離職手續，走廊上碰見同事。那人就好心地為他開脫。走過來，碰碰他的肘，說道，不怪你，只怪女性的磁吸力無能抵擋，記得萊茵河上那個急轉彎？每個船夫都逃不過，你只是太大意，碰上「羅洛萊」，沒把自己牢牢綁在船柱上。

每個人都有自己的「羅洛萊」。同事再碰碰他的肘，加上一句。

那時候，新聞中隨時是自己與女孩的名字，每個新聞台主播都在拗口地唸那漢語發音。聽著新聞裡她的名字，他覺得那是一種褻瀆，女孩的名字被這些不相干的傢伙唸得非常難聽。

同事隨口說的話，某一天開始，成了他心裡對她的稱呼。他開始在心裡悄悄稱她「羅洛萊」。

他告訴自己，聽到那迷人的歌聲，誰也逃不了。在河裡觸了礁，只怪自己沒有把身體綁在船柱上穿過險灘。

*

他其實知道，哪裡有該劃分清楚的界線。

他聽過太多不慎失足的例子。

東亞政治的小圈子裡，東方女性被視為應該避開的暗礁。碰到嬌滴滴的Dragon Lady，小心撞上了從此不能夠脫身。在同事眼裡，他碰到的並不是孤立案例。

美國外交圈老手的記憶裡，東方Dragon Lady的典型叫作蔣宋美齡。對第二次世界大戰中那位講南方英文的蔣夫人，老一輩美國人曾有複雜的感情。

牽涉到複雜的國際關係，包括外交上一個經典謎題：二次大戰時，早在珍珠港事變之前，不等日本來偷襲，美國其實已經選了邊，而其中的外交祕辛，直到今天，還是國際關係學界繼續探討的課題。當年美國原可以完全置身事外，為什麼並未保持中立，反而積極支援中國抗戰，或者，原因是在關鍵時刻，有人用她軟綿綿的南方口音，夥同《時代雜誌》的亨利．魯斯，與英國首相邱吉爾，一同向美國施壓。

他熟知當年那一段歷史：蔣宋美齡受衛斯理教會女校薰陶，一口典雅的英文，語彙中專揀生僻的單字。當年，美國媒體的描繪下，這位蔣宋美齡是嬌小纖弱的東方娃娃，報紙選擇的形容詞裡，用在蔣宋美齡身上是「little」，有的用

「tiny little」，有的乾脆用「tiny little doll」，描繪這讓人生憐的女性。公開演講時，蔣夫人要求盟國不要忽略日本的侵略之心，報紙形容她「握起小拳頭」，報紙上敘述國會議員們都看得入迷，這些政界老手「觸電似的看她握著小拳頭」。

他自己曾親耳聽老同事複述，蔣宋美齡站在國會殿堂上，媒體只顧著敘述這東方女性的穿著：一次又一次，描寫蔣宋美齡的旗袍、旗袍上的別針、腳上娃娃鞋般的鏤空高跟鞋，以大段的報紙篇幅，形容她坐在椅子上腳搆不到地的袖珍模樣。巧的是，老同事笑著說，蔣宋美齡身體剛好也很嬌弱。約見華盛頓的政要，媒體報導中，蔣宋美齡又常為身上的小恙而必須失約。

他那時候鑽研的領域正是對華政策，某本傳記裡，提到蔣宋美齡對感情的說法，摘自當年的一次訪問。讀的時候，對蔣宋美齡為本身闢謠的一段話，他卻捧著書生出一些莫名的綺念。訪問中，蔣宋美齡否認關於她緋聞的傳言。被問起別人說她跟空軍飛行員有踰矩之處，蔣宋美齡說：「我絕不是說我成了神，我超脫了生物本能。譬如說，我擁抱飛行員親吻他們，也常有本能的快感，甚至閃過性的衝動，但也只是一閃而已，這是自然的吧。」

他偶爾會想起這番話，想到就一陣心跳。原來，含蓄的說法也可以讓人這麼神馳，就好像中國女人的旗袍，旗袍開個小衩，不用袒露身體的重要部位，才露出一截小腿，白種男人已經暈乎乎地著了迷。

對他，只是偶爾想到，蔣宋美齡僅僅屬於東亞外交史上的題目之一。他約略記得，二戰之後，蔣宋美齡對美國的感情變得很錯綜，蔣宋美齡認為美國對她丈夫支持不夠徹底，導致國民黨在一九四九年退走台灣。公開演講的場合，蔣宋美齡經常嚴詞批評美國。

他懷疑，台灣與美國雙方欠缺互信，說不定也在那些年埋下伏筆。

至於他心裡的羅洛萊，他寧可她白紙一樣，對複雜的問題很茫然，無助的時候，只會眨眨眼睛望著自己。

*

有時候，他會試探羅洛萊，言詞間故意露出來一點什麼，她應該見獵心喜，但羅洛萊眨眨眼就過去了，對重要的訊息顯得缺乏興趣。

他已經看出來，羅洛萊對人沒有戒心，對本身身分的敏感性也並無所覺。

他想到國際關係裡一個常用的詞藻，叫作「單邊主義」。或者，從頭到尾，只是他單方面想要幫她，包括他替她想到，什麼地方需要注意、需要加強，自己願意提供一些整理出來的資料。

至於羅洛萊，只是被動地接受別人的好意。

包括最後那一次，在河畔餐廳，羅洛萊也只是不以為意地，順手接過來一個信封袋。裡面有對方列出來的重點提示。

*

有時候，他會問自己，這樣的單方面幫她，有意義嗎？

畢竟，對羅洛萊來說，國際政治這一行過於險惡，強國交手充滿了權謀算計。在言談間，羅洛萊閒閒地提起過脫離這個圈子，羅洛萊談到前程，始終帶著點困惑的意思。有一次，羅洛萊認真地說起若是找一間學校，去念藝術，那有多好。

他悶悶地想，一廂情願想幫這個女孩，應該是對自己存在著意義。事實上，美國對台灣的關係裡，存有自己認同的理念，那是自己所熟悉的一套詞彙。

他出道的那時候正是冷戰年代，黑與白、善與惡、對與錯，他熟悉那分明的界線。美國保護台灣，代表正義的力量戰勝邪惡，第七艦隊巡弋台灣海峽，美國正在對惡勢力盡圍堵的責任……當時走在中華商場，唱片行裡潮水一樣的是美國「學生之音」的排行榜。

近些年，自己在逆反潮流，他跟國務院的主流見解不合，他不是順勢而為，他在逆流而上？

Against the tide？他在逆著潮流行事。所以，逆勢的人，不免在潮水裡滅頂……

第十一章　劫難的淵藪

靠在小窗邊，揆一誤了進食的時間，他嘆口氣，昨夜又是難眠的夜晚，他在夢囈中頻頻醒轉，清醒的光景，他反覆想著自己當年的厄運，其中還包括與傳教士的齟齬。在巴達維亞撤換他的決定之前，寄向巴達維亞的密函寫著：「揆一是不義的長官，因為私自的原因，偏袒這裡敗德的女人。」

自從他當上行政長官，就與傳教士摩擦不斷。靠著與評議委員的私人關係，傳教士在私信上寫道：「與行政長官揆一的見解不同，這裡是經營不得的地方。」「揆一長官並不理解公司在福爾摩沙的目標。要知道，我們的人保持和他們良好的關係和友誼，最多是不讓他們對我們採取對立的立場，並不代表我們應該信任他們，畢竟，他們是難以入教的，他們是野蠻的、心地不良的、懶惰和貪心的種族。」

拿起筆，他試著對奧倫治親王從頭說起：「多年以來，福爾摩沙有兩套平行的管治體系。原因是公司在熱蘭遮建堡初期，人員集中大員，與部落接觸有限，而傳教士深入部落，在族人聚居的地方搭建竹寮，把公司政令帶進部落。傳教士自恃對族人教化有功，許多事與行政長官不同調。有事的時候，與巴達維亞私函密議，徒然增加行政長官的困難。

「尊貴的殿下，在遙遠的島上，傳教士曾經對卑職極盡汙衊。」

他想到傳教士以影射的方式懷疑他的私德：「殿下，一封封寄向巴達維亞的私函寫著：『這裡有放蕩的女人，誘引公司人員。』『聖經裡的毒蛇在周圍吐信，揆一因為私自的原因，不予以管束。』『傳聞不斷，我們的行政長官迴避處理，莫非他自己已經身陷其中，人在陷溺之處一時脫身不得。』」

想著，一回神，揆一記起娜娜灼灼的黑眼睛。

初抵福爾摩沙，他過著禁欲的生活。

蘇珊娜是他的第一任妻子，那時候，他在島上辛苦工作，一面等蘇珊娜過來團聚。

接到蘇珊娜病逝的消息，他才明白自己是多麼失職的丈夫。原來，住在阿姆斯特丹的妻子重病多時，怕他在職務上分心，家信上沒有讓他知道。

蘇珊娜死後，再婚是理性的決定。公司當時有清楚的禁令，禁止官員與當地女人發生關係，而娶一位尼德蘭的淑女，等於是效忠公司的保證。

新婚之夜，脫下花邊的衣裳，對著海倫娜馬甲裡白腴的胸脯，他發現自己是無法勃起的男人。

他忘不了在大河之畔，自己翻身向上，多麼歡快地，蒙受一陣陣暴雨沖刷。那些年間，揆一總在尋找與娜娜見面的機會。從虎尾壠沿笨港溪，有時候遠到他里霧，一個人一匹馬，他探勘島嶼的西岸。有幾次他更攀過高山，涉足東海岸無人走過的荒野。

*

揆一執筆的手愈來愈虛弱。一隻手握筆，一隻手靠在榻上，他回溯傳教士與自己意見的分歧點。

那些年間，傳教士在給巴達維亞的信中寫著：「放蕩的本地女人不加管束，對公司人員勢必帶來罪惡。更大的醜聞傳出之前，建議這些女人們必須驅出此地，以免不良的汙染。」

當時，面對巴達維亞轉來的密函，揆一只得在報告中苦苦解釋：「若說『不良的汙染』，酗酒的問題比賣淫的本地女人為害更烈。」揆一指的是公司人員醉後聚眾打架，時時釀成族群紛爭。

傳教士的密函裡，女巫師是島上的罪惡之源。傳教士在給巴達維亞的信中寫道，雖然認真宣教，因為女巫師的惑亂，族人的心靈難服教化，無法動搖島上的祖靈信仰。

傳教士還把祭典的場景稟報公司，建議公司強力掃蕩。傳教士的用語是：「神的國遭到汙染，信仰在島上蒙塵，揆一懈怠職守，他應立即派兵捕捉作法的女人。」傳教士用聳動的字眼描述祭典的場景：「女巫師露出陰部，公然褻瀆上帝。」「我們認為，有基督信仰的人，不會觀看汙衊神的儀式，那是侮辱上帝的地方。最可議的是揆一本人，竟然參加族人的祭典。」

揆一在覆信中反駁：「舊教的遺俗未遠，在這個島上，難道又生起獵殺女巫的篝火？」

他在信中乘機為族人博取同情，他寫著，若由生存環境來理解，異族的信仰並沒有絲毫奇特之處。譬如漢人渡海東來，因此虔誠信奉「媽祖」，同為冒險出海的守護神，這位神格的「媽祖」與我們信仰的聖．尼古拉斯有許多相近的意涵。而卑職就近觀察，西拉雅族靠漁獵為生，他們認為死去的東西並沒有離去，繼續停留在風裡、溪流裡，族人的信仰中，祖靈的喜怒會影響活著的人，關係著來春的收成……

他解釋，至於女巫師用手拍打身體，顫抖著倒在地上，在族人信仰中，只是招引祖靈的方法。

他婉轉地向巴達維亞解釋族人的困境，並且複述自己在這裡聽到的話：「『你們外來的人都一樣，只會用火藥在很遠的距離之外打獵。』『你們這些生著紅毛的人不會爬樹，也不會用魚叉刺溪流裡的魚，只會把木柴搬走、把山林裡的鹿剝下皮，運到別處去賣。你們還在土地上圍起地界，對我們宣揚你們的神。』」當時，他在報告中寫著：「族人的獵場遭到外力的破壞，敵意有生存上的理由。」

揆一更提醒公司，許多問題其實出自傳教士。他指出傳教士初來福爾摩沙，以為族人很容易接受基督信仰，等到宣教成績不彰，轉而怪罪族人冥頑。揆一在信中指出，更有不肖的傳教士遠渡重洋本來為了發橫財，當年，有的傳教士在教區發展副業，有的傳教士在島上偷偷地找尋礦脈……

如今，往事在回憶中顯出輪廓，他憬悟出自己任上發生的事，隱指另一項更驚人的合謀。獨坐在小樓窗前，他愈想愈確定，正如同傳教士為了掩飾本身的無能，必須誇大島民的不服教化；後來當福爾摩沙危殆的消息傳回歐洲，歐洲人在震驚之餘，公司需要卸責的說法。於是，傳教士被形容成英勇的義人，福爾摩沙被誣為基督徒殉教的野蠻之島。教會與公司聯手，編織島民嗜殺的指控，模糊了福爾摩沙的真實風土。

夜色裡，揆一惘惘地想著，事隔多年，誰還會說出關於福爾摩沙的真相？

無奈的是，身為最理解福爾摩沙的長官，揆一必須封口，不能夠吐露當年發生的事，那是恩准他從流放之島回到阿姆斯特丹的條件。

第十二章　比喻（之一）

白紙黑字寫著：二〇〇三年八月三十一日離開北京，九月二日到達日本，九月三日離開東京，九月七日再從東京回到美國。當時他跟機關交代行蹤的報告中，從九月三日到九月六日，他謊稱在東京私人度假，其實去了台北。消失了三天，那是他徹底失憶的部分。

*

單據上印著時間地點。

免稅店裡，他為羅洛萊挑了一樣禮物。一年後，刷卡單夾在法庭紀錄裡，像拴在鴿子腳爪上的一根紅線，證實他當時謊報了出境紀錄。

不該出現的疏失，他以為自己謹慎地掌握著情況。

＊

東京飛往台北，他記得當時坐在飛機裡的心情。

望著艙窗外湧現的雲海，他想著，除了羅洛萊，這一分鐘，世界上沒一個人知道他身在哪裡。如果飛機失事，他想著，自己的妻子會大吃一驚吧？

「所以，你跟配偶說謊？」法官問他。

私人問題不必回答，記起律師叮囑他的原則，他在心裡無聲地提醒自己。

＊

然而，那確實是問題的一個部分，他跟妻子的關係中始終少一點什麼。

妻子的嘴唇冰涼，貼過來的臉頰沁涼一片。這些年，他們像是分租一棟房子的同事。每天在甬道上親親額頭、互說晚安，走向各自的臥室。

臥房有門鎖，臥室裡的抽屜也有重重的鎖。自從他們結識，妻子對外總有另一重身分，有地址有電話，妻子在「中央情報局」任職，用的是一個私人公司的名片。

工作上接觸機密的人，不容易相信外人。只有同一個圈子裡的人，知道怎麼樣畫一條線，知道哪裡屬於彼此的禁地。因此，這個行業的人自成近親繁殖的體系。他們娶自己人，外遇的對象是自己人，離婚再娶還是找圈子裡的同事。像是當年大名鼎鼎的柯比，曾是「中央情報局」的頭，第二次結婚的對象，依然是同樣圈子的人。

更極端的像是「聯邦調查局」的創始人，艾加．胡佛，畢生只有同事關係。直到死前，信任的人只有一位跟著他多年的女祕書。

確認彼此的空間，職業上遵守同樣戒律的人才容易彼此尊重。不用上鎖，妻子不會想知道他臥室有些什麼；正好像任何時候，很有默契地，他絕不踏進妻子的臥室。

妻子與他之間，始終像是同事關係。結婚那天，同事齊集，也像是圈子裡一場派對。當天有人提到最近的外交問題，設在友邦邊境的情報站出了點意外，臥底的幹員舉槍自盡。友邦揚言召回使節，有可能釀成外交危機。大家談得起勁，婚禮的話題繞著美國的外交情勢。

結婚那一夜也很平常，新娘緊抿著嘴唇，輕巧地在他額頭上啄一下。臉頰涼涼地靠了過來，眼裡沒有多透露一絲感情。

他坐在窗前，望著空蕩蕩的房間。出獄之前，妻子已經把屬於自己的家具全部搬走。浴室裡落下一些枯乾的花，日久成了碎屑。他每天經過看一眼，沒有收拾，想著的是自己很快就會搬出去。

*

他們婚姻裡少了什麼？

許多時候，下班回家，家裡靜悄悄的，他一個人坐在桌子前，對著一瓶打開的紅酒。

從杯子裡抿一口，漱口的姿勢滋潤喉頭。等一陣子，等著滋味的變化，等著那拖曳在嘴裡的悠長後味。

認識女孩之後，他會在微醺時候想著她。

*

認識女孩之後，他心裡存著某種虔誠的祈願。

事實上，他的願望很簡單。

他只是希望身邊這女孩吃多一點，冬天的時候穿得暖和。寒冷的天氣，他喜歡看到女孩在星巴克店裡喝巧克力，捧一杯上面是鮮奶油的熱飲，女孩的嘴角沾著糊狀的奶油，像個長不大的小孩。

*

他喜歡聽她說話的聲音。

望著車窗外掛下來的雨珠，她說，欸，你看像不像台灣午後的雷陣雨？

對著一座凸起的山，羅洛萊訝然地說，這裡真像，這裡，像我們台東的都蘭山。他聽著有點感動，在複雜的世界裡，女孩唯一的參考座標總是台灣。無論台灣多麼小、多麼無足輕重，那是她心裡唯一的記掛。

*

聽羅洛萊說話他就知道，台灣每分鐘都在女孩思維之中。

他說，我有一個比喻。

他對女孩說，一艘船航行在海面，無論航行了多久，其實是在繞圈子。轉個頭，那個島的形貌又出現在視線裡，眼睛不用張開也會浮起在眼底。繞啊繞地，無論走了多麼遠，從沒有離開島的海域。

他愛憐地說，在你心裡，那個番薯形狀的小島，就是你唯一在意的地方。

*

找到機會，他帶她看自己心裡引以為榮的美國。

他帶她看幾位開國者的故居。他興致勃勃地說，在殖民時代，歐洲過來的移民住在莊園裡，家中養了大群黑奴，華盛頓、傑佛遜與麥迪遜是例子，這些開國者都有自己的土地。

他引用托克維爾寫的那本書：「美國之偉大不在於她比其他國家更為聰明，而在於美國有更強能力修補自己犯下的錯誤。」他跟女孩說，十九世紀，托克維爾從法國來美國，以舊大陸的眼光，好奇地觀察眼前的新大陸。他說，在托克維爾眼裡，美國是最獨特的國家，唯一一個因為理念而組成的國家。

一面說，他卻無來由地覺得心虛。

他想，有些話只是熟極而流。外交場合習慣的一套說詞，想都不用想就從嘴裡溜出來。

＊

距離華盛頓一個多小時的車程，他帶她去到有名的藍色山脊。

山腰一個小城，路旁邊散落著幾戶人家。

他跟女孩說，美國的精髓是在小城鎮，「美國人其實不懂得政治，華盛頓其實也不算美國。」

他跟她娓娓道來。他說，華盛頓原來只是個南方城市，附近有些地主的舊莊園。他說，在內戰時期，離這裡兩小時車程的瑞契蒙特，正是南方建國的首都。雖然是南方失敗了，他說，不論南北，對敗軍之將李將軍都充滿感情，我們美國人對弱小一方，一向懷著深厚的同情。

他說，小鎮居民在園子裡養馬、在穀倉裡存貯糧食，週末有農夫市集、有跳蚤市集，有人在小山坡放牧牛群、有人在藍色山脊的谷地種葡萄釀酒。他說，南方的莊園，其實是美國人的夢想鄉居。

他教她一個英文單字，antebellum，意思是「內戰之前」。他說，這字意代表舊時南方的精神面貌。那時候，男人富於騎士精神，自覺應該保護女人，強者很自然會扶助弱者，他繼續說，雖然被北軍打敗，南方的李將軍是男子漢的典型。

*

過了一處跨海大橋，他帶她去橋底一個小鎮，到小鎮的餐廳吃螃蟹。繼續開車往東走，他跟她說起野馬，說起海灣盡頭連著荒島，沼澤間是野生動物棲息的地方。

開車到了島上，他指著水邊一群野馬要她看。颳起一陣風，野馬抖著鬃毛，在沼澤間揚蹄奔跑。他熱切地跟她說，當初歐洲人渡海過來，為的就是自由民主，將舊世界做不到的在新大陸上付諸實現。

女孩愣愣地聽，接著說：「你們的拓荒者，很像我們從唐山過台灣的那批先祖。」

*

他帶著她，逛每個星期六出現在廣場上的農夫市集。

他看她，拿起攤子上五彩顏色的瓢瓜。後來，又挑挑揀揀，找到兩個裝醋與裝油的小玻璃瓶，放在手心搓摩。

「買下吧。」他伸手就要付錢。

她擱下他的手。

他看她開始講價。他在旁邊看，看來不是要買什麼，是為了講價的快樂，她才在攤子旁繞來繞去。

站在女孩身邊，他心裡一時充滿憐惜。他已經看出來，在這老手雲集的華盛頓，羅洛萊顯得過於稚嫩。以他生涯中見過那麼多人，羅洛萊確實不算這一行的好手。若一段時間缺乏表現，台灣的機關很可能會把她從華盛頓調走，走出自己的視線就沒有機會回來。

然而，留她在這個行業裡，又真是在幫忙她嗎？

這行業他非常了解。心裡總有些隱密的角落，藏著一堆不能夠吐實的祕密，在這一行待下去，離正常生活只會愈來愈遠。

他想，女孩應該過的，其實是一個正常生活。

*

多數時候，望著淤塞的運河，他們不說什麼話。

肩並著肩，兩人默默地站在古運河前。

夕陽裡，河邊有半傾頹的麵粉工廠，倚賴水力的行業都倒閉了。運河的功能被鐵路取代，柵口處幾棟廢棄的客棧，一百多年前，那是鐵路帶來的歲月興替……

後來在回溯中，那一刻是最好的時光。影子長長地連在一起，像一對親密愛人。

不知不覺，夕陽沉下去，他們的影子看不見了。

第十三章　貽誤的時機

第二天早上，揆一在晨光裡吹熄蠟燭，發覺自己又在寫那封永遠寫不完的信。

望向窗外悠悠的運河水，揆一由著自己的思慮回到從前：「卑職時運不濟，厄運一波又一波，」揆一黯然想著自己任上的歲月，「先是一場蝗災，接著一次地震，震後疫症流行，村社淪為廢墟。糧食不足，還要應付巴達維亞的各種苛稅。」舒緩的語調顯然力不從心，揆一寫著益發激動：「島上，在最後一年，發生了奇怪的事。蝗蟲從海上升起，轉眼像烏雲蔽日。啃光農作之後，海岸颳起一陣陣焚風，蝗蟲成群地滾落，漂到海面上，形成一片紅黃色的屍海。站在海邊張望，蝗蟲的屍海之中，殿下，有人聽見摩擦盾牌的聲音；有人看到浮現國姓爺的旗幟。」

揆一記得那段時間，漁民在海上目睹各種異象，都說是不祥之兆，城堡中跟著耳語四起。當時，為了穩定軍心，他自己站上城牆守夜。一整晚，眼睛盯著海面，遠方可有敵軍的蹤影？什麼時候才會等來增援的船隊？他的眼光定在遠遠的地平線上，敏銳到彷彿可以穿透暗夜。

抖顫著鵝毛筆，揆一寫道：「那時候，城堡裡已有傳言，國姓爺下個目標將是福爾摩沙。卑職一封封急報，催促巴達維亞迅速應對，公司出動了十二艘戰艦在遠海上列陣，沒料到，司令官范德朗是躁急的心性，未見國姓爺的蹤影，就以為海上無事，戰艦巡弋一周，折返巴達維亞。

「援軍沒有進港，守軍日夜盼望，等不到增援的船隊。」握住筆，揆一激動地寫道：「范德朗無功而返，殿下，可嘆的是，其中貽誤的時機。」「范德朗在海上虛晃一招，後面或有巴達維亞評議會的授意。其實從頭到尾，公司並沒有為了福爾摩沙開戰的決心！接下去，眼看國姓爺的船隊日益壯大，巴達維亞轉而向敵人積極示好。日後卑職才輾轉知道，為安撫國姓爺，以卑職為交換，評議會的決議竟是就地撤換行政長官。

「殿下，那是荒唐的一場鬧劇！當時，巴達維亞開出一艘船，帶著卑職的撤職令，接替的新任長官也在船上。」揆一顫抖著手繼續寫，「評議會亟於換下卑職，繼任者選了檢察官出身的奧迪賽。奧迪賽是一位文員，哪裡見過海上的戰陣？遠遠看到國姓爺的戰船已經心驚，不願為還沒上任的官銜賠上性命，奧迪賽藉口風浪太高，在外海停留一天，隨即轉頭北航。以颱風為由在日本停泊，接受長崎商館的款待，在日本閒遊了幾個月，才回到巴達維亞。

「始終是蹉跎的心態，讓局勢變得無可挽回。」當時，巴達維亞紊亂的舉措都有信件為憑，只可惜，從福爾摩沙撤退時接駁不易，一箱箱函件漂流在海上，失去洗刷他不白之冤的明證。

抖顫著鵝毛筆，揆一沉痛地寫道：「那年秋天，扭轉大局，最後還剩下一次機會。」揆一決定將內情詳細托出：「熱蘭遮城困守數月，卑職頻頻告急，驚動了阿姆斯特丹總部，急令巴達維亞派出艦隊馳援。壞事的是，卡烏自願領軍。」揆一長嘆一聲，蘸著墨汁繼續寫：「九月下旬，卡烏的船艦漸漸靠近福爾摩沙，堡內孤軍蓄勢待發，只等先遣的小船暗夜划入沙洲，破曉時裡應外合，水陸兩頭作戰。埋伏在灘頭的友軍，配合堡內的四百戰士拚死出擊，期待就此殲滅敵軍，一舉扭轉戰況。」

想到當年錯過的奇襲時機，揆一嘆口氣寫下：「卑職計算海象，當時是秋末的潮水。戰艦半夜啟錨，一路向東，里程推估，接近熱蘭遮城正是夜裡三點。逆風止息，隨之颳起有利的順向風。天亮前，援軍趁黑上岸，晨曦裡吹衝鋒號，摸進國姓爺的營帳，殺敵就在出其不意。」揆一嘆口氣繼續寫：「遺憾的是，卡烏缺乏經驗，在海上繼續盤桓，說是等待季風轉弱。總之，卡烏是個狡獪的小人，拖到後來，眼看拖不下去，卡烏換乘小船趁夜潛進來城堡。這傢伙眼見圍城裡的苦況，一日也不願多停留。編造個藉口，說是去跟清朝借兵聯手對付國姓爺，第二晚又乘小船離開。後來，卡烏率船隊到福建打個轉，一路竄回巴達維亞。

「殿下，鬧劇還沒有完，」揆一寫著，「卡烏這小人為了掩飾竄逃，在巴達維亞進港時鳴砲百響，座船裝飾了彩旗飄帶，讓人誤以為船隊已經成功馳援，如今奏著凱樂歸來。

「殿下，後來卡烏惡人先告狀，說城堡裡軍容欠佳、軍紀不整，汙衊卑職的名譽，也重創圍城裡孤軍的士氣。」

第十四章　青春（之三）

「你們台灣，是少數從心底不反美的國家。」他在給女孩的電子信上這樣寫。

回想起島上人們友善的臉。一回頭，「阿啄仔」、「阿啄仔」，孩子在他背後嘰咕咕笑著。

當年，教會發放免費的美國脫脂奶粉。有的小學正試辦營養午餐，禮堂裡堆著美國來的麵粉，麵粉袋上寫著「美國人民捐贈」。中美合作的標誌下，還有握在一起的兩隻手。

＊

他記得當年的台北會淹大水。

走在中山橋下，中山北路人行道上晃著一層模糊的水光……

那年颱風過後，號稱「水鴨子」的美援登陸小艇在災區幫忙投遞物資。

*

他記得明星咖啡館裡樓梯轉角泛潮的氣味。當年，走上樓梯，燈罩是翠綠玻璃，一盞盞浮在桌面，像是浮城裡的小小綠洲。

往事霧濛濛的，帶著不真切的美感。

*

記得，那時候錦州街一帶有幾間酒吧，牆上掛著射飛鏢的圓形靶，那是他偶爾喝酒的地方。

裡面穿梭著短裙的陪酒小姐。小姐坐下來，陪客人聊天，叫的就是兩倍價錢的「大酒」。他總是自斟自酌，付自己的酒錢走人。其中有一位小姐叫作瑪麗，英文講得不甚流利，時常繞在他桌前，稱他「老師」，說是要跟他練習英文。

那一夜，他酒醒過來，發現自己睡在陌生的床上，床邊幾個塑膠衣櫥，衣櫥拉鍊半開，裡面垂掛著女性的衣服。他定睛看，沙發上窩著一個女人，正是瑪麗。他悄悄下床，留下幾張鈔票想要溜出門。瑪麗醒過來。看他已經穿好衣服，瑪麗坐起身，眼眶裡滿是淚，他稍微移動腳步，瑪麗哭得很大聲。

他慌了手腳，連忙把皮夾裡所有的錢掏出來。看他這樣做，瑪麗哭得更大聲了。

後來，他在細雨中招來一輛計程車，上車時他有點後悔，不知道自己為什麼走得那麼匆忙。

回憶裡，門口斜放的雨傘還在往地下滴水，屋裡迴盪著溫柔的水光，想到那一夜，他總覺得辜負了什麼。

*

到後來，他自己也糊塗起來，因為年輕時的記憶？這些年間，他對台灣的事情特別在意。

在辦公室裡，他不介意自己是個異類。找到機會，他從來都願意挺身為台灣辯護。他屢次在內部會議裡為台灣不平。有幾次忍不住了，他在會議桌上氣呼呼地直接頂過去，你們開口閉口「美國跟中國的共同利益」，對牽涉其中的台灣，你們究竟理解多少？

他跟同事說，你們可知道那些年間，高雄發生過「美麗島事件」？一場軍法審判，許多人判了重刑，並沒有澆熄台灣的民主運動。黨外繼續壯大，家屬與辯護律師等人聯手，運動一波又一波，那批人在全島串連繼續抗爭。後來，國際壓力下，台灣在一九八七年夏天解除戒嚴。

辦公室走道上，找到機會，他捧著咖啡杯對同事開講：「島上的陳文成命案、林宅血案，聽過沒有？可知道台灣這幾十年來經過些什麼？」他有機會就灌輸同事們一些基本常識：你們不要以為「福爾摩沙」只是大航海時代的舊稱，你們可知道，Formosa 翻譯作「美麗島」，這還是一本雜誌與一次政治事件的名字，因為那次事件，台灣的大批菁英被關進牢裡。

他記得自己的朋友怎麼被稱為「叛亂分子」，他總把當時軍法受審的電視畫面描述給年輕同事聽。他告訴同事們，雖然戴著手銬，台灣那一批黨外人士可都是仰起臉聆聽判決。他找到機會就回溯當年，教育對台灣歷史無知的同事們，順便替台灣目前的待遇鳴不平。

有一次，那是識得女孩不久，他陷入一場爭執。他大聲說，你們這樣對待台灣官員，把他們當作 persona non grata，他故意加強語氣唸這外交名詞。你們總把台灣官員當作「不受歡迎人物」，那些人是隱形的嗎？不要說種種應有的外交特權，連受邀參加正式酒會都不可能。

他說，外交圈聚會中，看不見台灣外交官的身影。他們習慣在邀請名單上被省略，怕的是惹起中國的抗議。因為這樣，台灣的駐外人員在外交圈是孤島，沒有機會建立交情、沒有機會嫻熟外交規範，你們想想，把台灣的外交人員隔離在角落，繼續做亞細亞孤兒，符合美國所標榜的人權？

這些年裡，國務院同事聊天的時候，他可以立刻分辨出來，誰比較同情台灣？誰提到台灣露出輕蔑的態度？在中國壓力下，誰談起台灣問題依然保有基本的公正性？

他在起訴書上被控洩漏機密，包括他給了女孩幾個名字，都是他長期觀察中對台灣有好感的同事。其實，那是替台灣打氣，至少讓台灣方面知道，不必太沮喪，國務院裡還有值得爭取的朋友。

對台灣表現的好感，包括他在內部會議的發言，以及捧著咖啡杯隨口講的話，一項項列為庭上的證據，證明他一早就有背叛自己國家的犯意。

第十五章　圍城的黃昏

睡夢中吐出一些不連貫的字，揉揉眼睛，揆一從躁鬱的夢中醒來。

夢裡，自己手上沾滿血跡。那一次，他派出手下二百四十名兵丁，水陸並進到淡水。原意是為了安撫族人，軍隊開到卻衝突起來。後來，有人在亂裡放了一把火，把濫殺的證據燒乾淨。

明明當時坐鎮熱蘭遮，睡夢中，卻見他自己站在廣場上，手上抓著一顆滴血的頭顱。

披衣起來，他坐到桌前寫信：「殿下，我們的人殺戮太重，在島上失了人心。後來，西拉雅人很快見風轉舵，倒向國姓爺一邊。」

一面寫信，揆一想著前任費爾勃格欠下的血債，還有那位蒲特曼斯也罪無可赦。蒲特曼斯任內，黃金是導火線，聽說卑南有黃金，蒲特曼斯命令軍隊強行進駐，在太麻里地方大開殺戒。

想著當年熱蘭遮的艱難情勢，揆一擦擦臉上的眼屎，低頭寫下：「國姓爺拿下普羅民遮城，西拉雅人跟著倒戈，從此，我們腹背受敵，局勢變得不能挽回。」

回溯普羅民遮城失守那日，正是自己一生命運的轉捩點，揆一黯然寫著：「殿下，卑職的非戰之罪，勝負是天意使然！」

揆一記得那天是四月三十：「遠遠見到幾百艘中國戰船，集結在鹿耳門一帶。」「午後，突然起了一陣怪風，國姓爺的戰船從海平面升起，避過我們的砲台，經由北線尾的窄細水道，進入台江內海……

「殿下，時辰正是大潮，水漲船高，鹿耳門居然海水倒灌……」揆一記得望遠鏡裡，國姓爺站在船頭，正拿著一支香朝西祭拜。當時他驚駭地想，難道，國姓爺真的有如神助？

他眼睜睜地望著，原本不能行船的淺灘，在望遠鏡裡水位驟升。國姓爺的船隊鼓起帆，朝向普羅民遮城方向直駛。

「國姓爺的軍隊登陸後，普羅民遮城失守。接下去，殿下，長長的九個月，我們的人困守在熱蘭遮城。」

放下筆，揆一想著在圍城裡，井裡的水漂著一層白沫，地下躺著染了瘟疫的士兵。當時為了鼓舞士氣，揆一跟兵士一起守夜，他正努力號召人心，巴達維亞的決定竟然是陣前換下行政長官。揆一可以想見，當熱蘭遮陷入絕糧危機，巴達維亞的會議室裡，桌上是運來的醃製鯡魚，僕役端出窖藏的陳年紅酒。飲過幾巡之後，評議委員點點頭，同意費爾勃格的提議，撤換現任長官，順便落井下石，將激怒國姓爺的責任一股腦推給他……

「當時，那批說謊的小人，辱沒了尼德蘭的榮光！尊貴的殿下，您可知道由評議會具名的信上寫了什麼？他們向國姓爺乞憐的信中寫著：『現任長官的作風令人極度不滿，他的人品也不被我們認可。』『衡量情勢，為了消除誤會，派一位仁慈而不貪婪的人來接替揆一，而任命這位新長官，就是希望福爾摩沙島上能夠免於騷亂。』而那批小人何其狡詐，他們在寄給阿姆斯特丹總部的報告只簡略提到：『以揆一去職，博取國姓爺的轉向，實屬安撫國姓爺的權宜之計。』『我們會議桌上一致的共識，撤換揆一，目的是解除福爾摩沙的立即危機。』」

從那一刻，他代罪羊的角色已經確定，揆一放下筆，閉起貯滿淚水的眼睛。

*

那天黃昏，揆一換上一張信紙，繼續回憶圍城裡的九個月：「我們進不能進、退不能退，飲水不足、庫存的補給也日益匱乏……

「殿下，卑職也曾派小隊人馬潛行出城堡，想到山區找尋一個據點，必要時可以把傷者移出險地。小隊勘察回來，結論是外面的陸路不熟，部落敵友不明，冒然從城堡裡撤出去，目標太顯著，山區不是我軍可以藏身的地點。

「陸路難以突圍，水道轉進也極其艱鉅。城堡位在沙洲，潮汐水位不定，附近海象詭譎，接應的船隻容易迷失方向。不慎觸礁擱淺。海陸的聯繫就被砲火切斷。」

想起當年的窘況，揆一含著眼淚繼續寫：「殿下，被圍之後，最嚴重的是飲水問題，堡裡的井水漸漸乾涸，熱蘭遮孤懸在沙洲上，城堡與本島的聯繫中斷。缺乏水源，敵人輕易扼住我方的要害。」「從建堡之初，城堡裡的飲水一直是個問題。

「地窖漸漸空了，連照明的蠟燭都要省著用……」揆一握著筆，淚水滴了下來，「沒有家信、沒有存糧、沒有軍餉，碼頭再沒有船隻進出，圍城裡的孤軍預感到，熱蘭遮難逃被棄置的命運……」

第十六章　說法（之三）

「出獄不久的罪犯？」他聽見鄰居小聲地問。

他猜，附近的住戶都看過報導，以為他跟間諜活動有關連。推嬰兒車的年輕媽媽一定互相警告，散步時離他家遠點。

他想想自己也有這樣的敏感。幾年前，住宅區搬過來一個大鬍子的男人。有一次，那人牽著狗走過來，他們在車道上攀談。偶然談到亞洲，對方說，以前在曼谷住過一段時間。他住了口，對方已經看出他臉上有異色。他們同時都想到，曼谷是交換情報的中心。

草坪齊整的住宅區裡，對身分不明的鄰居不免存著戒懼。

這段假釋期間，他知道應該積極計畫下一步。只要打起精神做準備，門口插個出售的牌子，就會吸引有意的買主。房子脫手便可以準備搬遷，最好是一個新社區，平地起的一片新房子，沒有人知道任何人的過去。

*

偏偏他什麼也不想做。

偶爾走出家門，好像聞到尿味的狗，搭地下鐵，他在辦公室那一站下車。站在辦公室幾步路的轉角，閉上眼睛都不會迷路的地方。

噴水池躍著水花，觀光客買熱狗的車子旁邊，有人過來兜售紀念品。這個時刻，他寧可被小販招惹，也不願意被老同事認出來。

外面一件西裝外套，他還是穿得太整齊。多看幾眼，小販就對他失去興趣，知道他不是會拿出錢買東西的觀光客。

*

偶爾，他走進去以前常逛的書店。

習慣站著翻書的位置，他停住腳。架子上擺著有關國際政治的新書。拿起書來翻翻，又是一本討論中國未來的著作。

中國將統治世界？他不喜歡這樣的書名。

出事之前，他已經有所自覺，他不習慣眼前的國際現勢。或者，不只是他，許多人都對崛起的中國很不習慣。

近年來，美國一路在走下坡，大多數美國人心裡，這是難以接受的現實。國務院的許多同事也拒絕面對現狀，他們相信美國是天佑的國家，永遠保有領袖的天命。

他曾經提醒同事，小心，美國一向自我感覺過於良好。他提醒道，事實上，早在十九世紀，托克維爾就給美國人普遍的優越感一個好聽的名詞：American exceptionalism，「美國例外主義」。

當時，站在辦公桌旁，他笑笑地說：「難道真的相信，我們美國人是例外地優異？」他說，我們美國人相信美國優異，正好像英國人曾經相信英國優異，希臘人曾經相信希臘優異是一模一樣。

他也很不同意杭廷頓那套「文明衝突論」的說法。當年在辦公室甬道，他站在販賣機旁大聲說，這種蛋頭學者，明顯的西方中心，優越感受挫了，便有膝跳反應。他激動地說，必然屬於嚴重的種族主義者，才會以為西方文明正面臨入侵。他說，杭廷頓竟把所有的異質文化，包括儒家文化，當作蠻族對基督教文明新一回合的威脅。

然而，儘管他不會在口裡承認，杭廷頓的說法卻暗合著他自己心底的矛盾。他不習慣眼前的中國崛起，他所緬懷的始終是美國的獨強地位。他經常提起自己初出道時，那時在冷戰的結構之中，美國是自由世界的一盞燈塔。

他記得，自己曾在簡報上強調，到今天，還是只有美國在世界上說了算數。他強調在地球的大洲大洋，只有美國的戰機戰艦可以自由進出。畢竟這世界仍靠美國維持區域秩序……他特別用數字舉證，未來數年，美國的經濟總值仍然超過中國好幾倍。

他曾在呈上去的報告中寫著，其他國家仍有巨大的差距，美國將繼續穩坐領袖的位置。

*

在書店一角，這些擺著的新書讓他很不舒服。

閉上眼睛，他記起那時候中山北路，轉角有一家英文書店。颱風過後，他撐把傘，褲腳捲得高高的，踱到店裡買雜誌。

人行道有一些積水，每個腳印踩在地下，踩出一圈溼潤的水光。

＊

多年後他仍然難以忘懷，當時在中山北路的書店裡，他隨手翻到的一本書。書中，作者曾經隱晦地透露，對福爾摩沙，曾經投入極深厚的感情。什麼情況之下，曾經與台灣命運交叉的外國人，必須以匿名的方式才能夠寫出對島嶼的真心？

他後悔自己當時沒有買下。後來，回到那家書店，再也找不到那本翻譯成英文的書。這些年偶爾在二手書店尋覓，有時他也懷疑起來，自己真的看過那本書？

他愈想愈不確定，或者，只因為心裡念著台灣，竟以為看過一本不存在的書？

他喃喃地唸著，「……這些年，歲月留下的傷殘，有的在心裡、有的在身上……」

他模糊地記起，在十七世紀，島上有位末代總督。翻書的時候，文字間一些零碎的光影，透露了某種深摯的感情。他可以想像，在花蔭深處，男人曾經愛得多麼熾烈……

這一刻，他在書店裡又問起那本書。畢竟，他與那位三百多年前的末代總督，都是為了台灣下獄的白種男人。

但他的記憶可信嗎？

他站在書架中間，是不是高處這本？作者筆名由三個簡寫字母 C. E. S. 構成，但這顯然不是自己記憶裡的那一本抒情的書。

他苦笑著搖頭，當年，到底有沒有看過那本書？

*

走出書店前，他翻了一翻平擺在櫃台上的一本新書。

因為那個書名，他多看幾眼。書名是 *Time for Telling Truth is Running Out*，「說真話的時間剩下不多」。

什麼是真話？

什麼是他自己心底的真話？為一個人，為一個值得的理由，是不是自己心底的真話？

他只知道，當女孩在生命中出現，人生才又重新連貫起來。曾經做過的選擇，包括年輕時候經歷的事，終於互相關連，顯出前所未見的意義。

他想要幫忙這女孩，彷彿是他人生中最後的奮起。向著一線微光，向著微光中的希望，向著人生還有熱呼氣的地方。

第十七章　圍城的暗夜

自知死期不遠，像得了失憶症的老人，揆一在時間裡浮沉。

整個下午，揆一在向著運河的窗戶前來來回回踱步。後來，他躺回床上，迷濛中又回到城堡中那張吊床，張開眼就望見遠處的海，「給我拿過墨水筆！不要，不要，斷送了那個島。」握著筆，他吐出一些含混的句子。

有時候糊塗起來，他覺得自己仍在等待，等待的還有風向，這一陣的風向適合行船，消息什麼時候可以傳回巴達維亞？

小樓窗外的運河水反射著夕陽，下個瞬間，揆一想起城堡前的那片淺灘，他在信紙上寫著：「殿下，決戰之前，我們的配置是這樣的，熱蘭遮城三道城牆，牆內外突的『稜堡』建有砲台。每個砲台置放六門活動大砲。城堡下面又有四個半月堡。部分軍隊駐守在城堡內，城外是市鎮，更遠處就是海。

「大部分重兵，部署在城堡外小山丘，這處要塞叫作烏特勒茲堡。小山丘地勢高起，鎮守城堡的通路。殿下，只可惜，雖然地勢扼要，砲卻是別處拆卸下來的舊貨，火力有限，只有四百碼的射程……」

想著黯淡的圍城歲月，他寫道：「十二月，初冬天氣，盼來的竟是撤僑的小船，把城堡裡的婦孺接駁出去。」「殿下，我們的人在圍城裡死守，日夜等待增援的消息，而巴達維亞撤僑的決定，對士氣是重重一擊。」揆一記起載運婦孺的船離去後，城堡裡瀰漫著敗戰的氣氛。芒草深處，一條船在霧色中滑出沙洲，部屬們竊竊私語，是不是奸細？向誰去報告城堡裡的動向？地下的傷兵呻吟著，投降吧，我們回家吧，這裡一堆傷殘的病夫，炊事沒人打理、床褥沒人洗滌、釦子掉了沒有人縫補，機會已經走遠了，誰還要待在這溼熱的島上？

「殿下，撤僑的船離去後，棄守的耳語在城堡裡傳播……」「醫護人員更嚴重不足，有人斷了氣，草草拖向臨時的墳場……」他記得自己站在暗影裡，看著部屬靠著牆玩紙牌，賭注是那筆撫卹金。輸贏記在紙上，端看誰能夠活著回到阿姆斯特丹。

城堡裡有各種傳言，他難以辨識部屬的真心，不知道誰將在城破的時候拚死殺敵？誰又悄悄在樹梢掛上白旗？「在圍城裡鼓舞士氣，殿下，卑職盡了最大的努力。」

想著那絕望的光景，揆一放下筆，頹然閉上眼睛。

＊

或睡或醒的光景，揆一蘸著墨水，又興匆匆地寫下：「島上有大量的鹿，肥碩的程度不一，有的身上烙著梅花斑紋，高度比殿下常見的鹿隻略矮。福爾摩沙的鹿群經常是五、六十隻結隊而行。」

前一刻的夢裡，記憶中的島嶼顯出清晰的形影。他記得娜娜曾經做著手勢教他：「你要多用眼睛看、多用耳朵聽。」那時候，兩人站在溪流的出海口，看見漂著的海鳥屍體，娜娜告訴他，那是遠海上風暴的訊息。

當時在娜娜身旁，一輪大月亮正從溪畔升起。腳邊溪水潺潺，拂面是溫軟的晚風，往出海口眺望，哪裡有風暴的蹤影？下一刻，他在小米酒的力量下徹底解放了自己。

坐直身子，撰一在信上寫著：「島上出產大角羚羊皮、長鬃山羊皮、乳牛皮、水牛皮、硫磺、大麻與醃薑等等。冬季這海域可以捕撈烏魚，居民挑著大比目魚、小蝦、牡蠣在大員市場上叫賣……其中最興盛的是轉口貿易，碼頭上，裝貨卸貨，一箱箱等著上船，裝箱的是歐洲市場上最搶手的青花瓷。」

閉上眼，這一刻彷彿又回到青春歲月。他記得碼頭旁邊，菜市裡站著調笑的女人。醉醺醺的水手拿著酒瓶，跟女人胡扯見過的金山銀山，說什麼白銀鑄成的錢幣堆在地下，晶晶地亮，在月光下閃光，像一匹發亮的綢緞。

碼頭暗角，女人扭轉腰肢，向每個走過的男人拋出嫵媚的眼色。

撰一心裡有森嚴的戒律，絕不會讓自己成為肉欲的俘虜。自從來到島上，無論多麼燠熱的天氣，撰一照樣戴上綬帶、掛上勳章，套上那件墜著金鈕釦的藍披風。即使坐在公署，他也不肯脫下外衣，學當地人那樣穿一件薄衫。但理性亦有窮盡之時，認識娜娜後，娜娜身上奔放的氣息，呼喚著他，讓他忘形地放下一切……

後來在圍城裡，撰一屈下一隻腳，對著石壁中的尼古拉斯聖像，他誠心祈求寬恕。當時他一面祈禱一面訴說，向那位出外人的守護神告解自己的私情。在那條河的河岸上，自己曾抵不住誘惑，軟弱地陷入情網。然而，如果不是異鄉寂寞，不是續弦再娶的海倫娜沒有一點真心……那時候，揆一跪在地下，像個無助的孩子，他嘴裡哽咽著，向那位終身禁欲的聖人尼古拉斯祈求救恩。

坐在阿姆斯特丹的小樓上，這一刻，揆一迷糊地想著，現在，又到了懺悔的時候。他告訴自己，臨終前放下一切，死後才可以蒙受正福。

＊

一覺醒來，錯亂的時序裡，揆一在燭光下繼續寫信。

「我們進不能進、退不能退。」憶起圍城的歲月，他皺著眉頭寫下，「殿下，我們沒有突圍的機會！」

最後那個月，他總在守夜時倚著城牆，眺望高起的烏特勒茲堡。他知道那裡將是最後一戰。月光下，要塞在山坡上，如同孤立的巉岩。

他抖顫著手腕寫下：「那天黎明，從城堡望出去，殿下，烏特勒茲堡陷入一片火海！

「國姓爺的軍隊拂曉出擊，他們火力強大，搬運來二十八門巨砲，每小時射出一千餘發砲彈。天亮前，令人絕望的消息傳來，烏特勒茲堡在火網中被夷為平地。晨光裡，小山坡上升起一面國姓爺的旗幟。」

接下去，敵軍近了，國姓爺逼到熱蘭遮城幾步之遙，敵軍隨時有可能包抄過來。盡速求和？還是以死殉城？海上見不到援軍，陸地上沒有退路。城堡裡剩下一千多殘兵，若不出擊，就等著全軍覆沒。沒有任何翻轉命運的機會。

寫到這無以挽回的結局，揆一反而定下心來，一反激越的心境，揆一對著窗前的運河，思索長遠埋下的敗因，後來他攤開信紙，一字一句寫道：「烏特勒茲堡失陷，熱蘭遮就已經無險可守。尊貴的殿下，熱蘭遮城看似堅若磐石，問題卻在沙地的選擇。沙地讓稜堡傾斜、大砲鬆動、角樓下陷，梁柱的木料不耐溼氣，暴雨浸淫、日久朽爛。」他蘸著墨水繼續寫：「當初在沙洲建築城堡，公司只考慮有迅速撤離的水道，原意豈是長久經營？殿下，早在公司涉入之初，會議桌上的意見就非常分歧，不確定是否長期經營一處陌生的屬地……

「回溯起來，不只在福爾摩沙，殿下，公司始終是重利的心態。想的只是哪裡有大筆進帳，公司的紀錄是什麼都做！公司的人媒合所需，做人口販子。圈起棕黑皮膚的非洲人，綁上公司的船，在美洲各個港口牲畜一樣地叫賣。亞洲這邊，班達島是個活生生的例子，公司先從豆蔻樹賺了一票。等到英國人攻占這個島，公司就下令砍光所有，不顧班達島民此後的生計。賺錢的事一馬當先，拿到暴利即刻收手，就是公司行之有年的策略。」

揆一在這封話說從頭的信上繼續寫：「殿下，容卑職為您回溯，敘述一遍公司的歷史。那是一五九四年春天，九個商人在阿姆斯特丹的一家小酒館聚會，商量一票遠渡重洋的大生意。時機很湊巧，葡萄牙與西班牙漸顯頹勢，無能壟斷東到西的海道。這九個投機商人想要大幹一場。亞洲運來的貨物，特別是胡椒，在歐洲市場上回本很快，出海計畫在籌款方面不成問題。當時，阿姆斯特丹一片榮景，穀類、木料及鯡魚生意賺進大筆現錢，城市裡的資金相當活絡。

「殿下，遠洋航程充滿變數，海盜、風浪與傳染病頻傳。一趟大船出港，阿姆斯特丹出發的數百水手，數年後，只剩幾十人活著回來。明知道是危險航程，召募水手的工作順利開展。嚮往遠方的年輕人還是前仆後繼……

「上船的水手充滿幹勁，在航程的開始，年輕的心志在遠方……」

第十八章　比喻（之二）

他以為，自己是警覺性很高的那種人。

他一向充滿自信，在這個行業裡，自己是從容不迫的老手。給羅洛萊電子信的附件，他一個字一個字檢查過，附件是公開的資料，非關美國國家安全，每一則都屬於已經解密的訊息。

身為資深的國務院官員，他在專業上無懈可擊。對外交用語的掌握，他細緻到近乎完美。

＊

算過每一步出錯的可能，他以為自己穩穩地掌握著情況。

牽著羅洛萊的手，他在心裡無聲地說，靠著我，我的肩膀給你倚靠。

他喜歡羅洛萊講過的那個故事，他相信故事裡的愛情真諦：男人拍拍胸膛，保護自己的小女人。男人要對所保護的東西負起責任。

在他心裡，羅洛萊就像那個多颱風多地震的島嶼，那麼小、那麼沒有抵禦能力……是個需要被人保護的東西。

*

但他真的算清楚了嗎？

他跟自己說，如果算清楚所有出錯的可能性，沒有人敢幫助另一個人；如果估算清楚所有擔當的風險，沒有人敢為別人做任何事。

*

誰是魚餌？誰是漁人？誰是等著上鉤的魚？

與她見面之前，在停車場停好車，他從手提箱裡取出那個為她準備的信封袋。
河畔餐廳裡，她向他介紹自己的上司，一位資深而幹練的情報官。
與其說在交換訊息，不如說，她要讓機關裡的上司親眼看見，對方高階官員願意赴約，這一刻願意出現在餐廳，她的上司必然覺察到，對這個高階官員，她有奇異的主宰力量。
眉目之間，一切是那麼明顯。

*

酒杯空了又重新斟上，餐廳裡三個人，在某種微醺的興致之中。她的上司在場，三個人坐在一起。那位上司可能毫無所覺，另兩個人，帶著藏不住祕密的亢奮。
走出那間河畔餐廳，望著天邊淺灰的霞光，邊緣鑲著一線粉紅，天邊是水彩畫一般的柔和顏色。
下階梯時，他覺得多喝了幾杯，喝得有些過量。

樹叢裡收訊良好，他們的一舉一動，都在「聯邦調查局」的監控之中。

*

誰是魚餌？誰是漁人？誰是等著上鉤的魚？
布線多時，這是最後收網的動作。

第十九章　浮沉的命運

晨曦裡，揆一放下筆來沉思。隔著二十年的歲月，撤離那天的光景依然清晰如昨。

那一日，天未亮他就起來了。微光中，從天鵝絨內襯的盒子裡，他揀出亡妻蘇珊娜的雞心項鍊，掛在脖子上。他又在盥洗用具裡翻找，找出一把剃鬚刀。島上空氣溼熱，刀口已經生鏽，但他決定把剃鬚刀帶在身邊。握著刀柄，他順便刮乾淨多日未剃的鬍碴。

那個早上，比起多日和戰不定的鬱結，他心情異常輕鬆。終於可以離開了，他確信自己做的是睿智的決定。避免屠城慘劇，並且議出這份平等的和約。第一條就是「雙方忘記一切仇恨」，表現尼德蘭止戰的誠意，且為公司保住撤離時的尊嚴。

濛濛的晨光中，揆一在祈禱後做了最後的巡視。旁邊一口大箱子，裝著城堡裡的聖像、十字架，以及牆上拆卸下來的VOC標誌。最後放進去的都是帳冊，帶不走的文件丟入篝火，焚毀可能為公司引來爭議的交易紀錄。對著壁爐上方的鏡面，他摸摸乾淨的下巴，扣好領口那顆鈕釦。他對自己說，最後一次升旗，正午以後，城裡就要懸掛白旗。

就快要脫離險地，當時，他安慰地想著，開航後就安全了，等船回到巴達維亞，他們將接受眾人的鼓掌致意。他想著將有樂儀隊到港口迎接。對他們歷劫歸來，熱情的姑娘將興奮地尖叫，搶著為他掛上一環熱帶花卉。當他們走下繩梯，大廳裡已經擺好宴席，樂聲響起，姑娘們搶著向他邀舞……他想，等他在巴達維亞盤桓一陣，搭下一個船期，從巴達維亞回到阿姆斯特丹，趕上的將是鬱金香盛放的春日風景。

季風不適於航行，到巴達維亞的航程船行顛簸，但他一路都是好心情。他在船上胃口極佳，晚餐時還會配一杯葡萄酒。

當船接近巴達維亞，遠望港口竟然很冷清。進港時，望著港口地下的積水，他告訴屬下，暴雨把迎接的人擋在路上，才延遲了盛大的歡迎儀式。

他直接被帶進牢房，「必然是搞錯了！」他對著那扇鐵門自語道。關入監獄裡，他對自己的厄運仍然一無所知。他並不知道，當他在撤回巴達維亞的航程之中，評議會已經做出結論，這一刻，由評議會全體委員具名的決議文，正在送往阿姆斯特丹總部的路上。

「尊貴的殿下，您必然知悉，判決的結果是絞刑。」多年後，激動的情緒仍然讓他握筆的手不住顫抖。

*

一而再地，揆一想著自己因為天真，重蹈往昔的錯誤。

放逐的島上，他仍然日日盼望著船期。

對著一扇小窗，小窗外是不時竄出濃煙的火山。揆一繼續等待大船進港的聲音。期望一封特赦的信，攜來公司起用他的消息。

像他所熟知的，那位馬尼拉總督柯逵拉，因為誤判，導致西班牙在亞洲利益受損，但柯逵拉下獄四年又重獲重用，再度擔任加納利群島的行政長官。而揆一很清楚，柯達拉跟自己不同，柯達拉應該受處罰。揆一熟知那段有關福爾摩沙的過去。從一開始，柯達拉就低估尼德蘭在大員駐軍的威脅性。當時，柯達拉給腓力四世的信上寫著：「敵軍於大員掌握據點一事，對我王室全然無礙。」揆一當然熟知，就是這位柯達拉，拆掉淡水城堡，命令全體西班牙人退居雞籠一處。關鍵的時刻，柯達拉在給腓力四世的信上寫著：「尊敬的我王，福爾摩沙對我王室毫無用處，要留駐士兵，還要派送米糧，這個荒島只會耗費陛下的歲出。」柯達拉並且編造放棄的理由：「轉運站的必要性並不成立，從馬尼拉直接收購中國貨物十分方便，毋須經由雞籠或淡水轉運。」因為柯達拉判斷失準，導致西班牙從福爾摩沙北部全面撤出。在揆一心裡，柯達拉跟自己不同，柯達拉是斷送西班牙利益的罪人！

犯下大錯的人都有機會重獲起用，揆一期待阿姆斯特丹董事會裡有人為自己翻案。畢竟在前一年，董事會救過他一命。當時，阿姆斯特丹更改巴達維亞的決議，減免他的死罪，變為終身流放。

被監禁的島上，南邊峭壁連天，北邊是蜿蜒的珊瑚礁。對著窗戶透進來的一線天光，阿姆斯特丹的特赦令，曾經是他心裡日日的盼望。

如今垂死的光景，難道他仍在巴望奇蹟？一封封遞不出的信上，他還在乞求平反的機會。他期望一次無罪判決，翻轉不准他離開阿姆斯特丹的條件，讓他在死前回到福爾摩沙。

夢境裡，躺在那條大河的河岸……女人臉上的水珠，始終是引領他睜開眼睛的亮光。

第二十章　比喻（之三）

測謊器的指針搖擺著，他心裡有小小的裂隙。

忘了國家安全？忘了機關所交付的使命？

測謊器的指針一陣顫動。他想著，曾經有一瞬間，他是忘我的、忘記了自己涉入的險境，但他十分確定，跟女孩交往中，並沒有洩漏不該說出的祕密。

*

測謊器的指針搖擺著，指向那小小的裂隙？

問題是那小小的裂隙。

一點點非分之想，在一開始，只是一點點非分的可能性。

難以自圓其說的地方在於，與女孩之間，他在利用其中不對等的情勢。有人挾自己的強勢地位，換取本身的有利位置。

*

不，他不是，自己不是趁人之危的傢伙，他打一個叉叉。

對著偵訊室門上指示出口方向的紅燈，他在心裡替自己遍找理由。

他想，誰又能例外呢？

他跟自己說，曳出軌道，說不定是涉外官員的宿命。

他想著，失意政客在下台後對台灣總顯出特殊的興趣，像是之前ＡＩＴ的主管，去職後組公關公司，說是幫台灣在華盛頓遊說，其實是打著名目跟台灣拿錢。至於受邀到台灣更是常見，卸任的官員絡繹於途，誘因常是那一筆天價演講費。其實也是願打願挨。誰教台灣人喜歡抱美國大腿，以為只要在美國政壇走過一趟，就會對華盛頓的外交政策發生影響力……

指針一陣快閃。不，他不是，他在問卷上畫一個叉叉。

*

所以，換一個方向來想，台灣難道沒有責任？

他想著，有時候是台灣，自願落入由人擺弄的位置。期盼美國支持，博得國際社會的認可，「我們需要與國際社會接軌」，台灣官員把這一類語言掛在嘴邊。

台灣的外交官帶著使命出來，亟於獲得美國朋友的好感，為的是替台灣爭取一個國際身分。台灣外交官喜歡舉SARS期間的例子，就因為台灣不是國際衛生組織的會員，接收不到應有的疫情資訊，台灣是地球村被人忽視的成員……

亟於證明存在的正當性，台灣人有嚴重的身分焦慮！

所以，他想著，或者該怪台灣，總喜歡把本身放在亟待被保護的弱勢位置。

*

他記得以C. E. S.為筆名的那本書上，書在開始就反覆地問，為什麼我們貽誤了福爾摩沙？

或者，換一個角度，應該問的是，為什麼那個島嶼總是被人貽誤？

因為經緯線上的地理位置？因為時間軸上的歷史遺痕？因為位在大陸塊旁邊，不由自主就被捲入紛爭的宿命？

他想著台灣一再陷入夾縫，近年更成為中國主權完整之前的最後一塊缺角。其實這集體心理溯自大航海時代，面對近世西方的船堅砲利，中國的民族自尊飽受摧殘，情緒被壓抑了許多年。面對台灣問題，很難採取客觀的角度。

他想著，國家不脫一個放大的部落，在集體心態上，動輒訴諸最原始的感情。

搖搖頭，他想自己在胡思亂想，難道像羅洛萊很喜歡講的比喻？童話故事裡，小島一天醒來，發現本身漂流到自由而廣大的海域，跟大陸遠隔重洋，才是美滿的結局？

不，他不是，自己從來都沒有那麼天真，他在問卷上畫一個叉叉。

第二十一章　滄桑的歲月

黎明時的冷雨，落在運河兩岸。冰雪融化後，運河裡淤積著溼爛的腐葉。春天一到，阿姆斯特丹是多汙水的時節。

面對窗台，揆一假寐了片刻。清醒前的一瞬，他在夢裡等待著什麼？床的側面，向著海風敞開一面窗，水面在破曉時輕輕地盪了起來。浪濤推拍沙岸，一艘小竹筏在水道裡穿行，摩擦夾岸的蘆葦。接著，竹筏在沙地上拖曳，一路拉上岸邊。他的心正熱切地跳動，自己期望的是娜娜的身影？

這一刻，躺在初曙的晨光中，他重新感覺到擒住他的力量。隔了這麼多年，想著娜娜，揆一仍舊感覺到心房一陣強烈的抽痛。在回不去的地方，回想此生難以重溫的甜蜜光景，尖細的牙齒在胸口咬齧。那是心的折磨、是放不下的無限思憶！

回想此生唯一的祕密，昔日的激情充滿心中。這瞬間他閉上眼睛，想著烏特勒茲堡被攻破的前夜，月夜裡嘹亮的歌聲，是娜娜嗎？輕捷的兩隻腳板，從高牆上攀了下來，他是在做夢？醒來時，他制服釦眼裡多了一朵野花。

周圍瀰漫著娜娜的氣息，他又夢回河岸的激情時光。然而，他究竟還記得些什麼？他記得山間的奔鹿、海裡的飛魚、河裡活跳跳的蝦、草叢之間奔馳的野馬，年終大會上，每位長老向自己獻上一株嫩綠的椰子樹苗……隔著二十年的時光，他忘不了那些異色的經驗，族人臉上的刺青、婦人垂在胸前的豪乳，還有火光中的祖靈祭典，女巫師在地下翻滾，嘶叫著吐出乩言，指涉的是善惡兩分的祖靈世界。良善行為的人，穿過一座橋，通往祖靈的應許之地；而為惡的人由橋上墮水，在水裡遭受刑罰。他好奇於這種說法，但他並不真正理解族人的世界……記憶最深刻的，始終是初見娜娜的一日。魚鰭般的腳板擺動著，娜娜迅速跳進水中，轉個身子，踩著水波，輕靈地在水藻中移動。當時，他只是驚詫地望著，娜娜彷彿從河中站了起來……娜娜消失又再出現，然後是一個月圓的日子，娜娜出現在樹叢間，一轉眼，又從樹上滑下來。娜娜的身影在蓊鬱的一片綠中穿梭。葉尖反射銀白的月色，每一樣娜娜碰到過的東西，似乎閃著亮光，富含他無能理解的神祕力量。

揆一在夢囈中時睡時醒，一路在後面追趕娜娜，掉進了浮萍的塘裡？甩甩頭，揆一甩脫纏繞臉上的黏溼水藻……下一瞬間，他看見女巫師搖晃著身體，對他厲聲喝斥：「紅毛賊，滾出去！膽敢踏入祖靈的地方？」

下一刻，他睜開眼睛，發現自己躺在覆著帳幔的大床上。揉揉眼，望著外面的運河，他若有所悟地想道，我們這些外來者懂什麼呢？轉了一圈，留下些微的遺痕，島嶼終有它本身的壯闊生命！

坐起身，揆一覺得該將自己的憬悟就著陽光寫下來，所有人都應該讀到這樣的警語，福爾摩沙是娜娜族人的地方！

後來，揆一在那日黃昏又夢回城堡，「長官，一切很平靜，明天又將是新的一天。」困在圍城裡，他的盼望就是陸地上沒有急報，第二天醒來時，公司的增援船隻已經在地平線上出現。

睡夢裡載浮載沉，燭光披覆他憔悴的面容，這回光返照的時刻，揆一陷入與自己無聲的辯詰。他一遍遍問道，為什麼還在堅守？為什麼終須放棄？地球上只有他，還在思索這失去時效的問題。對公司而言，福爾摩沙的命運很容易定奪，殖民地在公司的規畫裡，本是隨時替換的零件。以砂糖的出產為例，當福爾摩沙無能提供需要的產值，公司就開始在爪哇栽植甘蔗，換個地方積極生產，很快可以補足缺額。基於南海的水域不甚平靜，公司進帳不如預期，當年，巴達維亞會議桌上，早已經在規畫取代福爾摩沙的據點。

會議桌上有人說，放棄了才好，福爾摩沙對公司而言，只是貨物的轉運站。那裡多颶風多暴雨，船難與海盜事件頻傳，對公司來講，不是理想的經營基地。

有人附和著說，無論公司怎麼做，不過拖延一些時間。熱蘭遮城難以抵禦來自中國的攻勢。擋住一次，又能夠擋住多少次？就算把公司在亞洲的船艦全部集中，仍然難以改變福爾摩沙失陷的命運。

當時，只有揆一不肯相信大勢已去，呈遞給巴達維亞的報告裡，他反反覆覆寫著：「卑職眼裡，福爾摩沙不是一處邊緣的領土，而是朝向未來的啟航點。」而經過二十多年的滄桑歲月，他仍然存著僥倖的心願，在期望奧倫治親王有一天終會看到的信上繼續寫：「機會曾經打開一扇窗，歷史有可能大幅改寫。」

坐在小樓上，他在攤開的信紙上回首當年：「多撐一年，只要一年，國姓爺隔一年就死了。巴達維亞有戍守的決心，鄭家軍喪失主帥的情況下，必定潰逃福建。至於清朝，熟悉的是騎射鞍馬，對隔著海峽的台灣，不一定有跨海經營的興趣。

「機會一瞬即逝，」揆一握著筆在信紙上傷心地寫道，「當卑職從流放的島上回到阿姆斯特丹，我們公司的黃金時代已經過去。董事們不再闊綽地買畫，也不願一擲千金請畫家畫像……」揆一想著與自己同時代的一些畫家，譬如維梅爾，在沉重的債務中死去；譬如林布蘭，宣布破產之後，搬家到鄉間貧困度日，最後幾年的自畫像，畫布上已是一個灰溜溜的老者。揆一鬱悶地想，為什麼尼德蘭總是負欠最有才華的子民？

揆一驚異自己還活著，筆蘸著墨水，他驚覺自己還在窗前繼續寫信。清醒時他握緊了筆，最後一次，在信上提出警語：「原因是公司只求近利，危急之際，未能上下一心，」他在信裡不放棄地寫道，「恰如卑職的預言，直到今日，與中國的門戶仍未打開，公司的貿易額日益縮小，跨洲來往的船貨，尚不及福爾摩沙為根據地時十分之一。顯見當時的失誤，導致公司在地球上的全面敗退。」

這封信尾，他意味深長地作結：「福爾摩沙發生的，不是商業競爭下的一個小挫敗；而是爾後數百年後，西方強權在東方爭逐的序曲！」

*

經過輾轉一個長夜，他勉強下樓，挪移著步子走出大門。離國王運河只有幾步路，花園裡，鴿子繞著聖徒石雕像的肩膀環飛，攀緣植物嵌進小徑的碎石縫隙。一叢叢青苔間，噴泉落在地上濺出水花。

回程時，運河的拱橋下，碰見一位戴紅帽子的教士。教士自稱在福爾摩沙住過，晨霧的街頭，認出來末代長官那張風霜的皺臉。含著淚水，教士握住揆一枯瘦的手掌。

分手之前，教士對揆一說：「冤屈今生難償，您的回憶是聖事。」

第二十二章　說法（之四）

坐在窗前的日子，屬於他的職業敏感回來了。

他一再回想這整件事，露出不尋常的玄機，怎麼會成為「聯邦調查局」手裡的一個專案？

包括去台灣那一次，是不是台灣國安機構裡面的人向美國和盤托出？

他並不確定是怎麼回事，記得羅洛萊告訴過他，台灣駐外單位很複雜。他本來就知道，官僚機制內的敵人多過朋友。台灣對外有外交機構與國安機構兩個系統，有時候互相支援，為績效也互別苗頭。羅洛萊說，處置不當的話，連代表處的頭頭都會栽跟頭。

他可以想出來，溯自國民黨早年的「軍統」、「中統」，情報工作的老手，像是隱藏著的細胞，躲在台灣國安機制各個角落。偶爾找到機會，捅點事，難說是不是希望外交團隊出狀況。換句話，國安系統暗中在扯外交部的後腿，搞個間諜事件，鬧得外交部忙於應付，也藉此突顯執政團隊一堆生手，對外交缺乏經驗。

當時，他跟羅洛萊聊到台灣情報機構的派系，羅洛萊聳聳肩，對這題目沒有顯出太高的興趣。

「平日藏得很好，躲在看不到的地方。駐外機構出問題，小心自己人下的手。」對著羅洛萊不在乎的神情，他提醒地多加一句。

或許他想得太複雜，或許他嗅到了一點什麼。當然更可能的是，問題出自美國本身，他被扯進國務院亞太部門的內部鬥爭，更關乎美國看中國問題一向的分歧點，他站上火線，無端成為「紅隊」打擊「藍隊」的犧牲品。

「紅隊」與「藍隊」的競爭裡，最有名的例子是季辛吉當年的越位舉動，季辛吉身為國家安全顧問，代表國安系統，瞞著國務院系統的國務卿羅吉斯，密訪中國……事實上，源自看世界思維方式的不同，「紅隊」與「藍隊」的分歧也延伸到智庫裡，「藍隊」比較親台，認為中國大陸對美國終是威脅；「紅隊」反過來，相信跟中國友好，將對美國自身有利。

九一一事件之後，伊斯蘭教激進勢力成為主要敵人，美國難以兩面迎敵，主張與中國友好的一群人在對外政策中站上主流。「紅隊」聲音愈來愈大，「藍隊」只剩下少許智庫裡的學者，以及一小撮留在外交體系的官員。而他，剛好成了「紅隊」看不順眼的對象。

當然，也可能他確實想得太多，他跟羅洛萊只是運氣差。九一一之後，美國情報作業比以前有效率，例行的稽查，譬如清點涉外官員信用卡的國外花費，意外看到他一筆簽帳，導致那趟到台灣的旅程曝光。

也有可能，「聯邦調查局」跟蹤駐美的台灣國安人員，原意是監看台灣與中國在華盛頓有沒有祕密接觸，恰巧遇到他跟羅洛萊在一起，碰上了僅是因為誤打誤撞？他想這也有相當大的可能性。近年來，美國反過來擔心另一重背叛，美國擔心台灣與中國聯手，把美國推拒在外。美、中、台之間的三角關係錯綜複雜，處處瀰漫著不信任的氣氛。

*

坐在家裡電腦前面，他重新回溯，為了什麼，他們被鎖定成為目標？

什麼時候被暗中跟上？哪一日開始，他們兩人的行蹤，成為「聯邦調查局」幹員的報告內容？

記得被捕前一個月，與羅洛萊坐在車裡，那一日，是在博物館一帶的停車場。突然間，有人敲他車窗，慢跑的人好心提醒，說是看見有人在附近鬼祟地拍照。他立即起了戒心，那個晚上他十分不安，第二天還特別跟羅洛萊通電話。當時，他在電話裡說，我心裡想出五種可能的解釋，問題是，每一種解釋我都覺得不甚滿意。

停車場有人拍照的幾天後，整樁事情有了合理的解釋。「聯邦調查局」幹員造訪他的家，亮出證照，借看他車子的註冊資料。說是恐怖組織偽造車牌，其中一個號碼與他的車牌相同。「聯邦調查局」幹員抱歉地說，現在都弄清楚了，請原諒造成的任何困擾。

原來是這麼回事，當時，他鬆了一口氣。

現在想想，他們其實就是「聯邦調查局」的跟蹤對象。在法庭裡，車外向車內拍的長鏡頭照片，放在法官面前，成為一項物證。

車子裡，發生了什麼？

他輕輕握著，一雙骨感的手。

漸漸地，感覺到她的肋骨，多麼瘦的女孩，他提醒自己小心，若是太用力，把自己的體重壓上去，骨頭有可能應聲碎裂。

他記得，女孩眼瞼上烏黑的睫毛，鎖骨凹陷處一絲絲桔子花的甜香。窗玻璃發出咚咚的聲音，是慢跑的人在敲車窗，提醒車裡的人小心。

＊

「沒有什麼，」站在庭上，當時他簡短地回答。

他確實沒有欺瞞，跟羅洛萊坐在車子裡，兩人之間的對話尋常到他記不起來。

他回答：「沒有什麼，最多是，新手向有經驗的老手請教在華盛頓的注意事項。」他又說：「也可以說，老手跟新手分享，讓友邦有機會分享我們的民主信念。」

＊

一件同樣的事，可以有一千種的說法。

當時在法官面前，他接著說，分享，應該是要分享，根據《台灣關係法》，我們原有義務應該要分享祕密。《台灣關係法》是我們美國保障台灣安全的國內法，根據這法條，美台之間，本來就是分享訊息的夥伴。

他又說，台灣自以為是美國的朋友，但聽見中國成了美國的「戰略夥伴」，中國成了美國利益與共的盟邦，他停了一停，對法官說：「你想，這需要反覆地向台灣方面解釋吧，外交人員間的交往，是在找時機溝通，減少可能的誤會。」一面說，他在心裡對自己搖頭，他想著，怎麼說都能說得通，誰會認真相信這類外交辭令？

而他一直在心裡覺得無奈，整樁事最無奈的結果是，從頭到尾，只有羅洛萊認真地相信，蒙在鼓裡的人竟是羅洛萊。

他始終沒有對女孩吐露這個真相，他沒有跟羅洛萊說，強權的世界上，哪有道義？哪有理想？只有赤裸裸的利益交換。

＊

沮喪的時候，他晃著酒杯，想到另一個圈內人，想著柯比在眼鏡底下，沒有表情的陰鬱眼神。

柯比曾是中情局的局長，掌握過許多外交祕辛。多年前一日，柯比的卸任酒會，他還是國務院的新人，拿了幾塊起士就站在角落。當時，他無意中望向角落的柯比。只見柯比默默站著，每個人都恭喜上任的新局長，沒人過去跟柯比聊天、沒有人跟過氣的人多費唇舌。後來，柯比走向自己的車，他站在窗邊，眼見柯比的車子滑出國務院前廊。

那是福特選上總統的年代。柯比不被留任，酒會裡接任的叫作布希，就是後來當上四十一任總統的那個老布希。當時在酒會裡，人們熱烘烘擁著上任的新局長，其實是人情冷暖。倒不是因為人們有超強的直覺，預見到有一日，這位布希局長會當到總統。

幾年後，聽說柯比退休，聽說柯比離婚，聽說柯比又娶了一位國務院的同行。然後某一日，傳出柯比失蹤的消息。

九天後才漂浮上來，成了一個浮腫的豬頭。

河岸離他現在住處不遠，柯比陳屍在波多馬克河中央。據說黃昏時，柯比一個人去划船，酒醉栽進河裡。驗屍報告說是心臟休克。那一陣，陰謀理論紛起，國務院同事也都在議論，傳說外國特工做的案。包藏太多祕密的情報頭子，離開職務還是逃不過所謂「處決」。

同事們聊起柯比的結局，都說是件陰謀。他卻在心底獨排眾議。他想是柯比自己選擇了放棄。夠了，參與外交機密的人，終於看夠了也活夠了。

夠了，夠了這些說謊的華府政客、這批狗娘養的國會議員，聽多了什麼道義、友誼一類的假話，在國際政治上，現實利益是唯一算數的真理。

去他的忠實友邦，只有利益才能夠算數，這是涉外關係裡不能說的祕密。他想著，最乾脆的解決辦法是讓自己閉起眼睛，從此不用看見。

尾聲

1

可嘆的是貽誤的時機。放下筆，揆一的眼眶泛著淚光。

往遠處眺望，他淚光的眼裡彷彿望得見熱蘭遮城的境況。城牆塌了，半月堡剩下一角頹垣，運河堆滿了枯枝爛葉，城堡裡面一片荒煙。當年的要塞烏特勒茲堡，砲台夷為平地，成了丟棄無主屍首的亂葬崗。

他想著在福爾摩沙島上，黑熊的數量驟減、梅花鹿愈來愈罕見……部落的男人跑很遠的路，才能夠打到獵物，女人把嬰兒馱在背上，憂急著找不到乾淨水源。他彷彿可以望見，一場暴雨成災，雜草堵住水道，汙物生出霉點，不知名的海鳥死在岸邊。泥濘的沼澤間，滿布銀魚的屍體，滾滾洪流中，升騰出難聞的瘴氣……

他嘆口氣寫著：「劇院、市場、醫病所等在兵災中毀棄。在熱蘭遮，一切都變了啊，倉庫塌倒，成為蟻鼠的巢穴，碼頭空置，腐木成為寄生蟹的居所……」

他蘸著墨水繼續寫：「……都變了啊，卑職在和議的第一條寫明『忘記一切仇恨』，殿下，敵人並不曾履行諾言，那一日，我們人員上船後，接著是易幟的時刻……」回到當年，他彷彿正親眼目睹，敵人進城後，有人猛敲聖壇上的燭台，有人扯掉牆上VOC的標誌，有人拆下繪有蓬裙少女的油畫。外面院子裡，有人由側門抱走銀器，有人從馬廄牽出公司的種馬，有人一路打砸葡萄藤飾紋的花盆……垂下來的幃幔引燃了火種，宴席用的水晶杯碎在地下……

「殿下，我們的人離開後，大員附近的新港、蕭壠、目加溜灣等村落立即與國姓爺結盟。長老們穿戴漢人的官袍與官靴，丟掉公司賜給他們的藤手杖。至於那些部落孩子，歡跳著以後不用去學校讀書……」放下筆，揆一心裡嘆氣，可悲的是過去的建樹已經了無痕跡，難道，正如國姓爺在叫陣的信上說的，小島竟又回歸他父親的舊屬地？

「懷有宿怨的族人，乘機殺戮流落各地的公司人員。那段歲月，島上的歐洲人四處藏身，有的躲一段時間悄悄坐上船，幾年漂泊，才輾轉回到阿姆斯特丹……」

他忍住眼淚，在信上飛快寫著：「殿下，二十年過去，國姓爺的王朝速起速落，轉眼是滄桑的歷史。平定明鄭的施琅，受到清國爵位封賞，賜戴最高榮耀的花翎；至於鄭氏一家，遺骸送回福建，剩下的人口遷往北京就近看管……」

用蠟封起來，最後一封寄不出去的信。

根據切結書上的特赦條件，從流放的小島回來阿姆斯特丹，揆一必須封口，此生不准往事重提。不得過問公司事務，也不許在書信裡提起當年，而運河邊這間小樓上，揆一過的其實是軟禁的日子。

簽下那份切結書，承認所有的罪名，自己就是怯戰的末代行政長官，「整件事情都是卑職的過錯引起的……卑職不能夠確定錯從何時開始，以後也永遠不會知道。」一切結書上，他試圖交代心跡，在文字中留下一絲絲線索。期待有一天，有人翻找出當年的文件，追索其中掩埋的真相……

那年是西元一六八五。

最後一封信收入抽屜，望著運河裡漂散的鳥羽，揆一自覺死期近了。

幾天後，彌留的光景，揆一在高燒中囈語，為什麼竟是我，背上斷送那個島的惡名？

眼眶裡一團灰茫，在最後時分，揆一難以預見有一日，在熱蘭遮城的舊址，與他無關的頭像，刻著他的名放在大廳一隅；而他手擬的和議被說是一紙降書，受降的各種示意圖中，他或在國姓爺前謙卑下跪，或在遞降書時低頭悔過……

他難以預見，這重重委屈的生平，到了後世，還有更無從否認的冤錯。

2

故事可以依照當事人的意願結束嗎？

通常的情況是：闔起一個故事之前，做過的事有必須償付的代價。

*

他失去婚姻、工作、資歷、終身俸的退休生活……

他的代價是失去一切。

故事的女主角呢？

她離開台灣的國安機構之後，沒有人知道她的下落。

或者，我們可以試著猜測，在沒人認識的地方，她終於可以開始新的生活。

美國南方的一個小鎮？阿根廷廣渺的酒鄉？歐洲某處安靜的古城？或者走了一圈又回到台灣，這個可能性相當微小，因為再沒有聽到有關她的任何音訊。

新鮮的事情繼續發生，這是資訊爆炸的時代。沒有人再去追記，多年前發生的事曾經危及台美關係，為雙方帶來極大的困擾。

＊

只有一個人，想著有一天還會見到她。

離他們相約的咖啡店不遠，他總想著在哪一個轉角又看見她。有幾次，從咖啡店的窗玻璃望進去，是她的背影？他以為真的看見她了，這些年一點也沒變，他覺得心臟在狂跳。

或許，再看見她時，已經是結婚的婦人。牽著頑皮的小男孩，而這一趟，就是帶孩子參觀附近的博物館。看起來，她身邊的男人是不好奇也不願意自尋煩惱的那種人，而她，有些事已經塵封起來，不會再輕易打開記憶匣子。

再遇見她時，或許她是過來開學術會議，或許她去念研究所，後來進入學界，或許，她在學界的專業範疇正是地緣政治與風險管理。

他想著再碰見她，再望一眼，一眼也好。

＊

坐在咖啡店裡，他的眼光追隨著過路的黑髮女人，直到身影在轉角消失不見。人生，可不可以在轉錯彎的地方重新開始？

他想著，問題其實是時間，他們相遇的時機錯了。

如果是在另一個時空相遇？另一個時空，結果就會不一樣？

如果他未婚，一切條件相當，會怎麼樣？

如果比現在年輕，他自問，自己會做些什麼？

會不會像廣場上牽著手的男女情侶？在座椅上，捧著女孩的手，傻傻地說，自己會帶給她幸福？

＊

等待的時候，他想著另一個人，柯比怎麼樣替自己安排整樁事的收場。

夕陽裡一隻空船，空船在河面上打轉，剩下兩支漂流的船槳，他想著這樣的安排卻也需要縝密的計畫。他記起自己嚴重的失算，連一次旅行也處處留下腳印，捧起杯子，他懷疑自己還有沒有規畫整件事情的能力。

*

故事說到這裡，可以停下來嗎？

在他心裡，多希望這故事早已經結束，結束在那一天的河邊。那一天，她帶來她的上司，一位資深而幹練的台灣情報官員。

河邊有些秋意，水波映著向晚的霞光。

酒杯空了又重新斟上，三個人坐在一起。多一個人在場，令他們倆在一種奇異的亢奮之中。

他覺察出自己喝得有些過量，扶著欄杆，踱出那間河岸上的餐廳。

走在那條小徑上，他望了一眼天邊的晚霞。

遠遠地，兩個人朝他們走過來。

走近了，走到他們身邊停住，接著亮出證件。

（全文完）

推薦文
命運之書

吳叡人
中研院台史所副研究員

Sic ludit in humanis divina Potentia rebus.
（人間之事每為造物所玩弄）

——拉丁諺語，引自揆一，《被遺誤的台灣》（一六七五）

夾縫之中的命運如何解讀？有無出路？能否救贖？比方說，有沒有一部《伯羅奔尼撒戰爭》為我們在帝國爭霸的惡海中指引航路？有沒有一冊《歷史哲學講義》為我們記憶被強者抹除的過去，許諾被理性否定的未來？有沒有一本 *Les damnés de la terre* 為我們修補被損害的尊嚴，尋回站立的力量？有沒有一首〈復活節，一九一六〉將我們反覆徒勞的憤怒凝結成美麗的，同義反覆的音節？又比方說，有沒有一部《這個人類的大地》為我們見證失而復得的，屬於我們的自由？

懷抱著對啟示的渴望，我們打開《婆娑之島》書頁，觀看一則關於夾縫中命運的預言與寓言。關於這本書，你可以將之閱讀為一則命運的預言，它的基調是悲劇的，目的論的，揭示了一次漫長而必然的衰亡。或者你也可以將之閱讀為一則意志與自由的寓言，它的基調是道德劇的，偶然、機遇而不可知的，隱藏的是一場發生在歷史隙縫之中，朝向自由的劇烈鬥爭。

＊

假如你具有悲觀憂鬱的氣質，喜愛閱讀破滅與悲劇性的預言，那麼你應該從時間順流而下，以書中女性角色為主線，追索她們形象的變化。女性是福爾摩沙的隱喻，而兩個女主角，象徵兩個時代的島嶼：充滿野性、主動追求愛情的十七世紀西拉雅族女人娜娜，形象鮮明、主體性強烈，而纖弱從順、充當帝國官僚情婦的當代「白浪」女外交官羅洛萊（Lorelei）則形象模糊，不見絲毫主體性。在這條主線的閱讀之中，象徵帝國的男性角色經歷了相反的演化軌跡，從揆一長官婦人之仁般的，荏弱的人道主義轉換為國務院高官那種陽剛的，家父長的，由上而下的（condescending）愛情（或者同情？）。從娜娜到羅洛萊，從揆一到國務院高官，我們清晰地看到了福爾摩沙主體性的萎縮消亡，以及帝國主義的興起。

假如你是卡謬式的存在主義者，渴望在歷史隙縫中尋找行動的可能，那麼你應該遵循盧梭政治寓言的精神，將歷史理解為一個人類退步、墮落的過程，於是你會發現從揆一到國務院高官的演化——從寬容、謙遜、啟蒙的人道主義轉變為狹隘、傲慢、自以為是的大國中心主義——象徵著一次不折不扣的「西方的沒落」（decline of the West）過程。另一方面，兩個女性角色的變化如今則未必意味著退化——相反的，它強烈地暗示著進化、重生與逃逸的可能性。羅洛萊的模糊面貌，如今不再是主體性的萎縮，而變成了一種空白主體的表徵，而這意味著可能與希望。面貌模糊、纖弱柔順的羅洛萊於是可以是一種偽裝，一次源於帝國傲慢

（hubris）的誤解，以及弱者操縱強者的逆襲策略。然後我們會忍不住想像，年輕纖弱的羅洛萊，其實是心思複雜、個性強烈，以歌聲誘人的海妖賽蓮（Siren），她體內或許還殘存些許娜娜的原始野性與熱情，然而帝國夾縫的命運迫使她成長，變身為一個飽經世故的生存者。從娜娜到羅洛萊，是一個高貴的野蠻人獲得心智的 sophistication，變得精神強韌的演化過程。在這個寓言之中，帝國因傲慢而衰頹，弱者則因智慧與行動而獲得自由。

可以這樣讀嗎？當然可以，因為作者已經消亡，這是讀者主權的年代。然而寓言式的閱讀確實為《婆娑之島》的文本帶來了一種困難的反饋——一個敘事的挑戰：羅洛萊的空白，終究只是一種可能性而已，要讓她變身為賽蓮，我們還需要行動——小說之中的行動（action in fiction），也就是說，我們還需要另一段敘事，另一段文本，從那看似安靜柔順的羅洛萊的主體觀點，敘述她眼中愚蠢傲慢的男性／帝國，她的周旋應對，她複雜纖細的心思，以及複雜纖細心思底下，她對祖先娜娜的記憶，有關對生命與自由的愛戀。

讓我們以薛西弗斯的心情閱讀這冊命運之書吧。然後我們同時會想像，會等待，等待小說家平路的行動，為我們書寫一段最終的文本，在那裡，羅洛萊變成賽蓮，而福爾摩沙終於現身。

二〇一二年八月二十二日，於南港四分溪畔

推薦文

在歷史的夾縫中唱一首美麗的哀歌

周婉窈　國立台灣大學歷史系教授

接到平路寄來小說《婆娑之島》的文字檔，深深被吸引，一口氣看完，幾度落淚。看完時，夜已很深沉，我一方面懷想著小說的人物，等著沉入睡鄉，一方面心情忐忑，我能為這本小說寫序嗎？文學不是我的專業，我無法隨意談，那歷史呢？我要去討論小說中歷史的虛虛實實嗎？

我想起舞鶴《餘生》所帶給我的震撼和感動。那是以文學的心靈參與歷史，它讓我隔幾年重讀時，在幾個莫那魯道的段落，再度淚眼婆娑。平路這本小說以獨特的「平路流」參與了台灣的過去。因為人們想參與，過去才會臨在我們面前。

關於這本小說的「本事」和「杜撰」之間的問題，我想像，將來會有論文討論，題目可能類似：「平路小說《婆娑之島》中的歷史真實與文學再現」，或「在文學和歷史的光影折射中——舞鶴的『我的他者』與平路的『他者的我』」；或許也會有這樣的提法：「國族、性別、東方主義：析論平路的《婆娑之島》」。總之，我們就留給年輕學子去探索吧。在這裡，容我就歷史作為創作泉源和題材，來和讀者分享一些看法。

台灣歷史的複雜、豐富與多樣性，是我愈研究愈真切認知和感受到的。我們都知道「台灣很小」，但她的自然景觀非常複雜、豐富、多樣。我有時候會想，我們的人文和自然，何以那麼匹配？甚至連多災多難都一樣！（宿命嗎？）前幾天到南天書局拜訪魏德文先生。他總是正在工作，也總是會給我看他手邊最新的台灣老地圖。魏先生對台灣歷史、地理和大自然的知識，很令人佩服。他說：我們台灣就像個世界的大植物園，應該力推島內觀光。他也提及台灣的歷史是非常珍貴的觀光資源。因為剛讀了平路這本小說，我很想順口加一句：我們的歷史也是文學創作的珍貴資源呢！

十幾年前，我剛回國，在研究機構工作，記得常和同事翁佳音先生聊有的沒的。他提到荷蘭時期有很多很有意思的故事，可以當作文學題材。印象中，有個

「英姊的故事」，非常有趣。可惜我記性不好，好像是漢人大姊頭，也有可能是西拉雅族和西方人的混血女兒。最後這個故事應該沒寫出來吧，畢竟我們都是歷史工作者，很難放手去寫，頂多就是寫寫敘事史學，如拙作〈海洋之子鄭成功〉之類的，受到史料的嚴格制限，無法盡情揮灑。如果台灣的「豐臣公主」要讓府城大停擺，還是要靠小說家展開想像的翅膀，帶我們穿地入海，上窮碧落。相信作家米果會同意我吧。大阪國的國民傾城而出，因為願意相信、願意守護他們最珍愛的東西，想像福爾摩沙國的子民……

這本小說有平路豐沛的想像力和慧黠的靈巧之思，然而故事本身是哀傷的。兩個互相交叉的人物，相隔三百多年，主角A是揆一，荷蘭東印度聯合公司的末代台灣長官，主角B作者姑隱其名，是前美國國務院高層官員。兩人都因美麗島而被自己的人審判，定罪入獄（揆一被流放到小島，和關入監獄差不多）。揆一對福爾摩沙充滿熱情和鴻圖，卻掉入歷史的夾縫，擔了「貽誤」福爾摩沙的罪名；主角B懷念度過青春歲月的美麗島，一心想幫助夾縫中的台灣，卻被控以洩漏國家機密的罪名（差點變成更嚴重的間諜案）。兩人都為島嶼入獄，為島嶼毀了一生。兩人都面臨來自島嶼西邊的大威脅，具體來說，前者是高舉反清復明旗幟的國姓爺，後者是全力擠壓台灣國際生存空間的中國。

揆一暮年最感慨的一件事是：「這麼多年，那個島總是陷入夾縫。」主角B擔心：「有一天，來自中國的壓力過大，美國不是沒有可能乾脆放棄台灣。」即使在出獄之後，他仍想著：「台灣一再陷入夾縫，近年更成為中國主權完整之前的最後一塊缺角。」揆一反覆地問：「為什麼我們貽誤了福爾摩沙？」主角B則反問：「為什麼那個島嶼總是被人貽誤？」她會再度陷入夾縫、再度被貽誤嗎？這是平路的焦慮，也是島嶼近半的集體焦慮。

在平路筆下，揆一和主角B分別被一名島嶼的女子所深深吸引，不過，與其說是被女子吸引，毋寧說是被島嶼所魅惑。揆一和西拉雅族的娜娜，娜娜是主動地給予；主角B和羅洛萊，羅洛萊是被動地接受。但不管怎樣，都是來自外人熱切的愛。但是，島嶼自己呢？

羅洛萊對島嶼有天然生成的愛。主角B回憶起：「對著一座凸起的山，羅洛萊訝然地說，這裡真像，這裡，像我們台東的都蘭山。他聽著有點感動，在複雜的世界裡，女孩唯一的參考座標總是台灣。無論台灣多麼小、多麼無足輕重，那是她心裡唯一的記掛。」「他愛憐地說，在你心裡，那個番薯形狀的小島，就是你唯一在意的地方。」

問題在於：羅洛萊的愛，必得和島嶼的另外一個力量拔河。島嶼上有一群人，他們鄙夷小島的歷史與文化，以將小島鎖入對岸的大國為終極目標；他們人數或許不多，但力量卻不成比例地大。揆一寫道：「福爾摩沙的前景，正是經由大洋連接外面的世界！」主角B想起女孩說過的一個童話故事：「小島一天醒來，發現本身漂流到自由而廣大的海域，跟大陸遠隔重洋。」啊，但願能夠！

羅洛萊被動地接受主角B的愛和付出。那是不夠的，要掙脫島嶼不斷陷入夾縫、不斷被貽誤的命運，島嶼的人必須將被動的愛轉為主動的自愛和自救。

這本小說的主旨，如本書初版時題獻所寫的：

追懷過去
紀念我們的時代
並惋惜島嶼一再陷入的夾縫

小說描繪了島嶼的美麗和哀愁，以及揮之不去的宿命感。

聽呢，在愛和焦慮中，平路為我們唱一首美麗的哀歌。娜娜的祖靈，不，我們島嶼的祖靈，聽了是會哭泣的。為了不讓祖靈哭泣，我們必須發願：不在夾縫中再度貽誤福爾摩沙。

二〇一二年七夕，於龍坡里芬陀利室

推薦文

記憶監獄釋放出來的往事

翁佳音　中研院台史所兼任研究員

平路這次講了一個很具巧思的故事。小說中，有兩個出獄後呢喃自語的男主角，古人是荷蘭東印度公司的末代台灣長官揆一，今人是美國國務院的去職官員，無名無姓，但讀者也許還記得，幾年前曾發生的台灣女間諜案，當中的男主角便是故事中的主人翁。兩人都因涉入台灣事件而入監，平路把這前後相隔三百多年、幾乎要風化的事件，揉捏交錯成一篇引人入勝、喉韻甘苦難辨的中篇歷史小說，一古一今交叉跳接，娓娓道來。故事中，有商業公司高層職員的恩怨情仇、大國情報人員的勾心鬥角；有異國男女間之低迴戀情與熾熱情欲、無緣與無奈的結局。書中情節幾乎全無冷場，但我不多說，以免破壞讀者閱讀的樂趣。

既然是歷史小說，我講幾句書後推薦話，算不上踰越分寸。至少，平路講揆一長官時，我就很佩服她蒐集與消化文獻的功力；她敘述當代事件，文化評論者的角色若隱若現，我甚至有此書可歸類到 non-fiction 之想。至於書中所述與揆一相關的景色、人物，是不是可信？姑舉一例，以證平路之不妄言。故事尾聲時，她說「揆一難以預見有一日，在熱蘭遮城的舊址，與他無關的頭像，刻著他的名放在大廳一隅」。沒錯，死後是非誰管得，人間常見的無奈。現在安平古堡內的兩尊半身雕像，鄭成功容顏，也許是當代藝術家感應出來。揆一，卻是雕塑者誤用當時巴城總督馬特塞克（Joan Maetsuycker, 1606-1678）的繪像製成。諷刺的是，馬特塞克總督正是宣判、流放揆一到南洋孤島的當權者。平路說是古今冤錯，這一點是完全正確的。

歷史小說，當然不能膠柱鼓瑟於年代或個別事實，否則與現代學院枯燥論文沒差別。常有人批評史學論文扼殺了現代人的歷史興趣，反而是歷史小說影響著國民歷史意識，我頗能體會如此說法。也許，嚴肅史家會指出揆一的出身與職銜，均屬上層，是經理級（Opperkoopman）人物。他於一六四三年抵達巴達維亞城時，鄭芝龍在南中國已是「嘩（hóa）水會結凍」的大梟雄；那麼，兩人會不會如平路所編排的，在巴城小酒館賭場嗆聲？當然可疑，但有趣的是，可疑的史實卻能創造出攸關人生趣味、利害之歷史行動。釣魚台紛爭之例，或可說明此中奧妙。論客與學者擷取明、清文獻片段，斷言那座無人小嶼權歸台灣或中國，是「不容置疑」的歷史事實。然而，漢籍有關海上航路之地名，「釣魚嶼小東山嶼也」，清代方志記載水師巡航泊船釣魚台等「事實」，誠實史家若冷靜檢視文脈，可知多為經不起考驗的語詞，真相依然烏雲罩霧。然而這仍不會阻遏國家翻弄「歷史」叫陣喧譁，無礙群眾的間歇愛國行動。我不是無條件贊同這樣的歷史思維，我比較關心歷史敘述能否撥動讀者心弦，神清氣明去追懷與紀念過往時代，思索一下古往今來，找些人生實踐的意義哲學。

平路安排的故事，倒很合乎我的期待。她藉著牢籠外男人的委屈自辯書信與回憶，誘使讀者想起被囚禁的往事，好奇最後男主角是否投河了此殘生，兩代芳蹤縹緲的小女人又如何……以及故事開頭惋惜「島嶼一再陷入的夾縫」的輕嘆，總教人看婆娑島國難免淚眼婆娑。

眼淚不是壞事，也非懦弱。在資訊暴衝、國族記憶失焦的年代，有時候讓淚水來洗滌眼翳，心神反而可在風塵裡轉為澄明，然後從歷史監獄中得到真正的釋放。如此，下回合的故事，或許不再只是一聲嘆息。小說開卷時，我拍掌擊節和歌；曲終掩卷之際，也開始期待著類似的新曲調，再接續。

二〇一二年八月二十二日，於中研院

推薦文

從《婆娑之島》一窺「平路式幽默」

陳耀昌　作家、醫師

看完平路的新作《婆娑之島》，我心中莞爾，為「平路式幽默」叫好。

其一、平路在書中罵人不帶髒話，而且是藉由他人之口。如泣如訴，輕怨薄怒，太精采了。

其二、本書是一部不折不扣的台灣史小說，但本書的兩位主角都不是台灣人，故事的背景也有一半不在台灣。平路的取材，真是獨樹一格。

其三、小說的主角，皆被國家機器控告「背叛」。然而讀完全書才恍然大悟，應該被控訴背叛的，反而是文中的兩個國家機器，這是平路的反諷。

其四、平路巧妙地把兩位歷史上看似風馬牛不相及的白人高官，揆一與「他」

放在一起，以揆一破題，但其實「他」才是第一男主角，揆一是配角。而書中的「他」，自始至終，無名無姓，但讀者都知道他是誰。

其五、面對強大無情的國家機器，一六七五年，揆一發表《被遺誤的台灣》時，甚至不敢寫出自己的名字，而使用「C. E. S.」的簡寫。二〇一二年，平路借用「他」，一位為台灣抱不平，甚至因而行險犯錯的老外的故事，寫出這本《婆娑之島》。有了揆一的陪襯，我們知道作者真正想寫的是「被背叛的台灣」，而這本書的書名也含蓄地少了三個字，全名應該是「婆娑之島的控訴」。

且不論作者在本書中有關「他」在法庭的攻防文字是否句句皆真，但作者藉由「他」，把台灣平日所受的委屈一吐為快。

他說……那年的《上海公報》……明明牽涉到台灣的命運，只想要討好亟欲建交的北京……用一堆「認知到」、「不表異議」之類的外交詞彙，就匆匆決定台灣的地位。中間缺少與台灣磋商的過程，完全不尊重台灣這個多年友邦。……若以「背叛」這個詞來界定，在與台灣的關係裡，美國外交領域的教父，那位季辛吉曾經做出最卑劣的示範。（頁40）

諸如此類的文字，俯拾可見。又如：

賣不賣武器？賣給台灣怎麼樣的武器？他非常清楚……華盛頓在壓力下，漸漸順從北京，違反了原來對台灣的承諾……而諷刺的是，美國為振興國內軍火工業，卻又逼台灣出錢買單，抱回去一些過時的軍備。他記得，當時為壓迫台灣買這批淘汰的武器，國防部資深官員向台灣嘁話：「我們不會保護台灣，如果台灣方面不先保護自己。」另一方面，對台灣期望買到手的新型武器，美國卻百般限制。（頁84、85）

雖然書末前美國中央情報局局長Bill Colby的自殺懸案也是隱喻，但要有了揆一的情節，方能彰顯國家機器的無情。平路把揆一拉來陪襯「他」，是神來之筆。如果沒有揆一，這本書就不是小說，而是政治論述。揆一讓整本書活了起來。

揆一是歷史上非常特別的人物。他是瑞典人，但是現在的瑞典人不知道他；他的一生為荷蘭東印度公司賣命，但現在的荷蘭人也不知道他。現在的荷蘭教科書已完全不提大航海時代荷蘭在福爾摩沙的興衰史，三十八年太短了，而即使失去福爾摩沙，荷蘭東印度公司的東方土地仍然夠大。荷蘭人不知自己的祖宗曾經占有福爾摩沙，遑論揆一。有關揆一的事蹟，全躺在大學圖書館中或國家檔案中。然而去發掘那些檔案、皓首窮經的，十之八九是來自台灣的學者。世界上唯一記得揆一的地方是台灣，因為揆一絕對是台灣史重要人物。平心而論，揆一應該也算是世界史上占有一席之地的人物，因為當年如果巴達維亞聽他的建議而戰勝了鄭成功，保全了荷蘭的海軍實力，也許已經鏖戰多年的英荷之戰，不會在兩年後就分出勝負，導致一六八四年荷蘭退出北美洲的新阿姆斯特丹，交給英國，成為現在的紐約，那麼世界歷史或將重寫。

揆一死後三百多年，全世界的人都不知有他，只有台灣的小學歷史課本有他，也只有台灣人仍然重視他那一本《被遺誤的台灣》。而且台灣人開始欣賞他，揆一在台灣的定位已經慢慢從「被驅逐的侵略者」，變為「堅守孤城的勇者」。如果揆一地下有知，也許會自命為「福爾摩沙人」，因為他一生最精華的十年都在福爾摩沙度過。他為福爾摩沙賣命，可是巴達維亞議會為了推卸疏忽之責，竟然汙衊揆一「心在瑞典」，把他打成「抓耙仔」，然後判他死刑，沒收財產，若非家人奔走，差點死在黑牢。到了最後，荷蘭不要他，他也不要荷蘭。他的子孫於二〇〇六年來台灣祭拜鄭成功時，已不復是荷蘭籍。當時的歐洲人皆稱國姓爺為「凶殘海盜」，而與國姓爺對戰九個多月的揆一，卻遺命他的子孫再到台灣來祭拜當年對戰的死敵鄭成功，以感謝當年鄭成功維護了荷蘭人離去時的尊嚴。這是世界戰爭史上空前絕後的。台灣歷史上的兩位英雄共同創造了人性的光輝。

最近，學者與小說家紛紛認為，大航海時代的一些人物，如汪直、鄭芝龍、揆一等，我們應該跳脫過去中原史觀，而以世界史的眼光去評價。台灣的歷史，一開始就是世界史的一部分，所以台灣史上的人物，有不少應該是世界級的，但被一些漢人沙文主義的學者做小了，連帶也把台灣做小了。平路這本小說，橫跨古今台外，是讓台灣史連結世界史的絕佳作品！

二〇一二年八月二十六日

平路台灣三部曲・三

婆娑之島

Ilha Formosa

作者　平路

總策畫　陳蕙慧
副社長　陳瀅如
總編輯　戴偉傑
主編　李佩璇
責任編輯　涂東寧
內頁校對　呂佳真
行銷企劃　陳雅雯、張詠晶
封面設計　張巖
內頁排版　宸遠彩藝
作者照攝影　TODAY TODAY（Nick Song）

出版　木馬文化事業股份有限公司
發行　遠足文化事業股份有限公司（讀書共和國出版集團）
地址　231 新北市新店區民權路 108-4 號 8 樓
電話　(02)2218-1417
傳真　(02)2218-0727
Email　service@bookrep.com.tw
郵撥帳號　19588272 木馬文化事業股份有限公司
客服專線　0800-221-029
法律顧問　華洋法律事務所 蘇文生律師
印刷　呈靖彩藝有限公司
初版　2024 年 2 月
初版 2 刷　2024 年 4 月
ISBN　9786263145825
EISBN　9786263146082（EPUB）
9786263146075（PDF）
定價　420 元

國家圖書館出版品預行編目

婆娑之島 / 平路著 . -- 初版 . -- 新北市 : 木馬文化事業股份有限公司出版 : 遠足文化事業股份有限公司發行 , 2024.02
264 面 ; 14.8×21 公分

ISBN 978-626-314-582-5（平裝）

863.57 112021720